異世界キッチンから
こんにちは 1

風見くのえ
Kunoe Kazami

レ 文庫

登場人物紹介

ウォルフ

大地と緑を司《つかさど》る狼の聖獣王。
生真面目で頭が硬い。

アウル

風を司《つかさど》る鵬《おおとり》の聖獣王。
陽気な性格で
人間にも友好的。

カレン(大森《おおもり》蓮花《れんか》)

老舗《しにせ》のお弁当屋の看板娘。
突然、異世界にトリップして、
カレンという新しい名と聖獣を
喚《よ》び出せる召喚魔法を授けられた。
喚び出したイケメンな聖獣たちに
助けてもらいながら、
この世界初のお弁当屋を
開店する。

カムイ

水と氷を司《つかさど》る
シロクマの聖獣王。
心配性な
お父さん気質。

マルティン
王都の騎士団長。
紳士的な性格の
ナイスミドル。
ライバル店の
店員
顔が瓜二つな男女で、
双子だという噂。
カレンのお弁当屋に
対抗心を燃やしている
ようで……？
アスラン
炎を司《つかさど》る獅子《しし》の聖獣王。
自信家で偉そうな態度の
“俺さま”だが、
カレンを大切にする
優しいところも。
ルーカス
王都の騎士で、
外門を守る警備兵。
カレンが作った
お弁当が大好き。

目次

異世界キッチンからこんにちは1

プロローグ　「メンテナンスは、しっかりと！」

「いったぁ〜い」

真っ暗闇の中、たった今打ったお尻をさすりながら、大森蓮花《おおもりれんか》は涙目で上を見上げる。

頭上には、白く光る丸い穴がポッカリと空《あ》いていた。

「いやだ、私ったら、あの穴から落っこちたの？」

そんな穴はどこにもなかったはずなのに、と恥ずかしさと痛みで顔をしかめて蓮花は思う。

夕刻。勤務先のお弁当屋からの帰り道、蓮花は道路を歩いていた。都心から電車で一時間ほどのこの町は、いわゆるベッドタウン。まだまだ開発中のため、あちこちで道路の拡張工事をしているが、蓮花が歩いていた道で工事は行《おこな》われていなかったはずだ。

「本当に、今日は踏んだり蹴ったりね」

蓮花は泣きたくなる。そのくらい、今日の彼女はついていなかった。

朝は水たまりに足を突っ込み、スニーカーをビショビショにしてしまった。仕事中は、お弁当の数を間違えて少なく配達。早く気づいたので、昼食までには不足分を届けることができたのだが、ほかの届け先の配達を店長に代わってもらうことになった。迷惑をかけてしまったことを思い出し、蓮花は呟《つぶや》く。

「店長も奥さんも、気にしなくていいよって言ってくれたけど……」

蓮花の働くお弁当屋は小さな店で、従業員は店長夫婦とその息子夫婦、そして彼女だけ。幼い頃に両親を亡くし、育ての親だった祖父も高校時代に亡くした彼女は、高校卒業後この店に就職した。それから早三年、今や蓮花にとって彼らは家族同然だ。店長夫婦も若夫婦もとても仲がよく、蓮花の憧れだった。

将来は、のれん分けをしてもらって、同じようにアットホームなお弁当屋を自分で持つのが、ひそかな夢である。

優しい店長家族に迷惑をかけた申し訳なさで、蓮花は次第に自分に腹が立ってくる。

「とどめに穴に気づかずに落っこちるなんて、いったいどうなっているの？」

恨《うら》みがましく、蓮花は頭上高くにある穴を睨《にら》む。とはいえ、こうしていても仕方なかった。真っ暗な中でおそるおそる四方八方に手を伸ばすが、地面以外は触れない。地面は土でもコンクリートでもない不思議な質感だ。この穴が何かも、自力でここから出る方法も、検討がつかない。

「誰か！　いませんか⁉」

恥ずかしいけれど、通りかかった人に助けてもらうしかないだろうと判断して、蓮花は大声を上げた。冬場の日暮れは早い。明るいうちに気づかれなければ、助けてもらえなくなるかもしれない。

「すみません！　誰か‼」

蓮花は叫びながら精一杯手を伸ばし、ピョンピョンとジャンプした。少しでも穴の近くで叫んだ方が、外に聞こえるかもしれない。

何度か跳び上がり、息がきれかかった時――蓮花の足元が、ストン！　と抜けた。

「えっ？」

急激に体が落下し、上方の穴がみるみる小さくなっていく。

「なんでっ⁉　どうして、また落ちるの？」

どんなに叫んでも落ちていく体は止まらない。

「いやぁ～っ！」

……やがて穴が見えなくなっても落下は続き、蓮花は意識を失った。

「――どうするんだよ、この娘《こ》？　もう、うちの穴は修復してしまったから、こっちの世界には戻せないぞ」

「うちの方だって、きっちり塞《ふさ》がせたんだ。また穴を空《あ》けるなんてとんでもない！」

なにやら言い争う声が聞こえて、蓮花の意識は、ゆっくりと覚醒《かくせい》していく。

目をつぶっていても光を感じる。周囲は、どうやらかなり明るいらしい。

「だいたい、君の世界の設計が、おかしかったんじゃないか？　突然穴が空《あ》くなんて、普通じゃない」

「おかしいのは、お前の世界だろう！　手抜き工事もいい加減にしろ！」

口論はどんどんエスカレートし、怒鳴《どな》り合いに変わる。

うるさくって眠れない。蓮花は、「う～ん」と唸《うな》って、眉をひそめた。

その途端、ピタリと言い争いの声がやんだ。

蓮花は、ゆっくりと目を開ける。思った通りの眩《まぶ》しい光に、二、三度まばたきしながら、目を慣らそうとした。

やがてクリアとなった視界に――ただただ広い空間と、光が映る。

そう、文字通り光である。キラキラと輝くピンクの光と水色の光が、蓮花の周囲を漂《ただよ》っている。

「え？」

蓮花は驚いて声をこぼした。

誰かが言い争っていたと思ったが、誰の姿もない。そして——

「目が覚めたか？　気分はどうだ？」

「……おかしな感じはしないかい？　できるだけそっと受け止めたのだけれど」

「……おかしいと言えば、おかしい状況ですけれど」

思わず蓮花は、素直に答えてしまう。

誰もいないのに、声が聞こえるのだ。それもごく近くから。これをおかしいと言わずに、何をおかしいと言えばいいのだろう。

「おかしい……もしや怪我をしているのか？　お前！　あれだけ、絶対傷つけるなと言ったのに」

「私が傷つけるはずないだろう！　この娘が傷ついたとしたら、君の世界の穴に落ちたせいだよ」

「バカ言え！　お前の世界に穴が空《あ》いたせいだ！」

ピンクの光と水色の光が、怒鳴《どな》り合いながら蓮花の周囲をグルグルと回り、入り乱れて明滅する。

蓮花は目がチカチカした。

「お前のせいだ！　この手抜き工事〝神〟！」

「君がそれを言うかい⁉　この設計ミス〝神〟！」

互いに互いを責める声。さらに光の輝きが増していき——

「眩《まぶ》しい！　やめてください！」

ついに蓮花は怒鳴《どな》った。

途端に、ピタリと光が動きを止める。蓮花の左側にピンクの光が、右側に水色の光が寄ってきた。ギラギラとした輝きが、チカチカくらいに落ち着いて……やがて明滅が止まる。

まるで生きているみたいな、二つの光。

その様子に、蓮花は確信した。

「……光が、喋《しゃべ》っているの？」

それでも、口から出たのは疑問形である。

「光じゃないよ。私は……私たちは、君たち人間が言うところの、いわゆる〝神〟だ」

なんと、光はそう答えた。

蓮花は夢を見ているのかと思い、頬をつねったり目をこすったりしたが、目が覚める気配はない。しばらく悩んだものの、蓮花はひとまず光が話した内容を信じることに決めた。

——それから、自称〝神〟たちは、怒涛《どとう》のごとく喋《しゃべ》り出した。

どうやら水色の光は蓮花の世界の神で、ピンクの光は隣の世界の神。彼らが言うには、蓮花の落ちた穴は、彼女の世界に歪《ゆが》みが生じてできたものらしい。

「完璧に創ったはずなんだが、どうしてか歪《ゆが》みが生じることがあって、数千年に一度くらいの頻度でどこかに穴が空《あ》くんだ。モチロン、即座に修復して元に戻すんだが、今回は……」

水色の光は、そこまで話して黙りこむ。

続けたのは、ピンクの光だった。

「歪《ゆが》みのせいで空《あ》いた穴から、君は世界と世界のはざまの空間に落ちた。そして運の悪いことに、君の落ちた場所に、私の世界への穴が丁度空《あ》いてしまってね」

「穴？」

蓮花の声に、ピンクの光は、ゆっくりと一度瞬《またた》く。

「信じられないことに、突然ボコッと私の世界が陥没《かんぼつ》したんだ。急いで天使たちに修理を命じたのだけれど……その前に、君はその穴から私の世界に落ちてきた」

ピンクの神は、蓮花が自分の世界に落ちてきたことに気づかなかった。水色の神から『自分の世界の住人がそっちに落ちた』と連絡があり、慌《あわ》てて蓮花を探し出して今に至るのだそうだ。

「できるだけ傷つけないように細心の注意を払ったが……どこも痛くないかい？」

心配そうに聞かれて、呆然としながらも蓮花は頷《うなず》いた。

歪《ゆが》みが生じて数千年に一度穴が空《あ》く世界と、突如陥没《とつじょかんぼつ》する世界。そのタイミングと位置がぴったり重なったせいで、蓮花は異世界に落ちてしまったということか。

「……………メンテナンスは、していますか？」

しばらく黙りこんでいた蓮花が、低い声でそうたずねた。

「メンテナンス？」

不思議そうな声とともに、二色の光が瞬《また》く。

「維持管理と保守点検ですよ！　何かを作ったら、その状態を良好に保つためのメンテナンスは、絶対必要でしょう⁉　きちんとやっていたんですよね？」

蓮花に怒鳴《どな》られて、ピンクの光と水色の光が、不安定に揺れた。

もしかしてメンテナンスの意味がわからないのかもしれない。蓮花は怒りながらまくしたてた。

「定期的に見回って、おかしいところがあれば、確認して修理する！　当然のことでしょう？」

「あ……いや、私たち神は万能で、いちいち確認しなくても異常があればすぐにわかるし──」

「そうそう。だから、どちらの世界も、もう完全に修復してあって──」

「異常があってから対応するのでは遅いんです！　それに、どこが完全に修復できているんですか？　だったら、私はどうしてここにいるんです⁉」

ぐうの音《ね》も出ない神二人だった。小さく瞬《またた》きながら、下の方へ落ちていく二色の光。

蓮花は「はぁ～」とため息をついた。

「もういいです。元々はそっちのミスでも、助けてもらったのは間違いないみたいですから。……それより早く私を元の世界に帰してください。今何時ですか？　私、朝の早い仕事に就《つ》いているんです。早く帰って休まないと」

確か明日は大口の注文が入っていたはずだ。こんな神だか光だかわからない相手に文句を言っている暇はない。

しかし彼女の言葉を聞いた途端、二色の光は今にも消えそうになって弱々しく点滅した。

「……ええと、あの、そのことなんだけれど……穴は修復済みだと、言っただろう？」

「すまない！」

元の世界の神――水色の光が飛び上がり、次の瞬間、蓮花の足元に下りてぺたぁ～と広がる。これは謝罪の姿勢なのだろうか。やがて水色の神は大きな声で叫んだ。

「結論から言うと、お前は元の世界には帰れない！」

蓮花は、ポカンと口を開ける。

「帰れないって……」

そういえば、先ほど夢うつつでそんな言い争いの声を聞いた覚えがある。

「本当にすまない！――俺の世界の修復作業は、最初に力を注《そそ》げば後は世界が自動的に歪《ゆが》みを直していくんだ。穴も何もなかったかのように塞《ふさ》がる。その過程で……お前を、その、……拾い損ねた」

「拾い損ね……」

「つまり、俺の世界では、すでにお前がいないものとして修復が完了したんだ」

心底申し訳なさそうに、水色の神はそう言った。

「そんな……そんな、だって！　私は……明日の、私の仕事は？」

「それも、もう修復済みだ。お前はすでにあの店を辞めたことになっている。やむにやまれぬ事情でお前は遠くに去った。お前を心配しながら、弁当屋の家族はこれからの日々を過ごすだろう。……あ、でも大丈夫だ、安心しろ。すでに求人を出している」

そんなことを言われても、ちっとも安心できなかった。

「それに、私の世界の方もすでに穴を修復済みでね。君をこの世界から出すためにもう一度穴を空《あ》けることは、できないんだよ」

ゆらゆらと揺らめきながら、ピンクの神までそう話す。

「ただ、安心してほしい。私の世界にも人間がいる。まあ、いるのは人間だけじゃないけれど。……多少文化や環境が違っても、君が生きていくのにそれほど問題はないと思う。それに、君が生きやすいように、加護を与える。……だから、お願いだ。〝カレン〟、自分の世界に帰るのは諦めて、私の世界で暮らしてくれないか？」

ピンクの神は、何故か蓮花のことを〝カレン〟と呼んだ。

明らかに自分のものではない名前。なのに呼ばれた途端、彼女は自分が〝カレン〟で、これは現実なのだと強く感じた。そしてもう帰ることはできないのだと納得する。

「お前！　〝名〟を与えるのは、この娘が同意してからだと言っただろう！」

怒る水色の神に、ピンクの神が冷静な声で返す。

「どうせ彼女に選択肢はない。――私たちが、そうしてしまったんだ。遅かれ早かれこうなる。だったら先に〝名〟を与えてしまった方が、彼女も諦められる」

水色の光は、ピタリと動きを止めた。

カレンは身震いする。今の今まで気温を感じなかった空間が、何故か急に寒く感じられた。

「カレン、ごめんね。……私は、君を元の世界に帰してあげられない。その代わり、君の望むものならどんなものでも与えよう。地位でも、名誉でも、力でもね」

ピンクの神が話す間も、カレンの体から徐々に熱が奪われていく。カタカタと震えだしたカレンの体を、ピンクの光が包みこむ。

「ああ。〝名〟をもらって、体がこちらの世界の環境になじんできているんだね。……ここは、本来なら人間が生きていけないくらい高い場所なんだよ」

ピンクの神の声が、少し遠くで聞こえた。カレンの体は寒さに耐えかね、感覚を失ってきているらしい。

「私の世界は四層になっていてね。ここは、一番高い第一層。……人間の住む世界は第三層なんだ。早く君をそこに降ろさなければ、命が危ない。……さあ、望みを言って。前の世界に帰ること以外なら、どんな望みも叶えてあげる」

優しい言葉と光で、カレンを包みこむピンクの神。

カレンは、弱々しく首を横に振った。

（……私の、望みは、帰ることだけよ）

すでに言葉を発することもできない。

「違うよ。君にはもっと強い、どうしても叶えたい望みがあるはずだ。……思い出して、カレン。君の本当の望みを」

声にならないカレンの思考を、ピンクの神は拾っていた。

そんな望みあるものか！　と思ったカレンの心の中に、願いが浮かび上がる。――両親と、あるいは祖父と一緒に暮らしていた頃みたいに、家族を……どうせならもっと大勢の大家族をつくりたい。

いつも賑《にぎ》やかで、一緒に笑ったり怒ったり、泣いたりできる大家族を得ること。それは、身寄りがいないカレンの、心からの望みだった。そしていつか、勤め先のお弁当屋さんにのれん分けをしてもらって、アットホームな自分の店を持ちたい。

ピンクの光が、優しく瞬《またた》く。

「大家族か。ステキだね。でも、たった一人で私の世界に落ちる君が、すぐに家族を得るのは難しいだろう。……ならば、私は君に、どんな者とも言葉を通じ合わせることができる〝翻訳魔法〟と、〝召喚魔法〟を与えよう。召喚した者とされた者は、絆《きずな》で結ばれる。

それは、家族と同じくらい強い絆《きずな》となるよ」

ピンクの神の声が、頭の奥で響く。もう、カレンは目を開けていられなかった。瞼《まぶた》を閉じても感じていられた光が、徐々に消えていく。

「……っ！　お前に祝福を！　カレン、私の子！　……この世界で、お前の望みが叶うように！」

最後に水色の神の声が聞こえた。後悔のにじむその声に、『これからは、ちゃんとメンテナンスをしてください！』と願いながら、カレンは意識を失った。

第一章「召喚獣とウサギリンゴと人間の町」

カレンが目を覚ましたのは、広い草原の真ん中だった。大きな広葉樹の木陰で、彼女は眠っていたらしい。

カレンは、ゆっくり体を起こした。周囲を見渡し、そのままガックリと項垂《うなだ》れ、頭を抱える。

木漏《こも》れ日がチラチラと体の上で遊び、そよ風がザワワと葉を揺らす。

チチチという小鳥の声と、ジリリという虫の音。

（……夢だったらいいなと思ってたけど……やっぱり、現実なのよね？）

カレンは、冷静に状況を把握した。

あたり一面が、緑だ。三六〇度、果てしなく広がる大地には、建物はおろか山の影すら見えない。

「どうしろっていうのよぉ～！」

カレンは、大声で叫ぶ。

彼女の声に驚いた小鳥が、近くの木からバッ！　と飛び立ち、青い空に消えていった。

その姿を目で追ったカレンは、今度は、ハァ～と大きなため息をつく。

澄みきった空に、輝く太陽と白い月が浮かんでいる。――しかも、月は満月だ。

「……ありえないから」

満月の場合、地球から見て月は太陽の反対側にあるため昼間見えることはない。ここが地球でないことは明らかだった。

「つまりここは異世界で、私はこれからここで生きていかなきゃならないってことよね」

声に出すと現実感が増す。

気づけば涙が頬を伝《つた》っていた。

「……明日のお弁当、間に合うかなぁ」

元の世界は、もうすでに〝蓮花〟がいないこととして修復されたという。それでも、勤め先の弁当屋に大口注文が入っていることには変わりない。〝蓮花〟がいない分、明日はお店の人たちも大忙しだろう。

「迷惑かけちゃうなぁ」

ポツリと呟《つぶや》いて、カレンは、さめざめと泣いた。

……泣いて、泣いて、やがて、顔を上げる。このまま泣いていても何にもならないことは、よく知っていた。両親を早くに亡くし、頼りにしていた祖父まで亡くしたカレンは、悲しいかな逆境には慣れている。

「それに……お腹減ったぁ」

泣くのには、案外体力が必要だ。精神的に立ち直れば、空腹が襲ってくる。お昼にお弁当屋の賄《まかな》いを食べたきり、カレンは何も口にしていなかった。

「どうするかなぁ」

ポツポツと独り言を呟《つぶや》きながら、カレンは周囲を観察する。

しかし見渡す限り草原で、この現状を打破できそうなものは何もなかった。

「確か、あのピンクの神さま、この世界にも人間がいるって言っていたわよね？」

しかし、ここにはいそうにない。いったいここはどこで、どうしてピンクの神は、こんな何もないところにカレンを移動させたのだろうか。

「何か、加護を与えるって言っていたけれど……えっと〝翻訳魔法〟と〝召喚魔法〟？」

翻訳魔法は、文字通り言葉を翻訳してくれる魔法だろう。確かに異世界ではとても役立つ魔法だとは思うが、肝心の話す相手がいないのでは、ありがたみも失せるというものだ。

一方の召喚魔法といえば、ゲームやマンガでよくある魔法だ。魔法陣やカードなどのアイテムを使い、呪文を唱えて、悪魔やドラゴンといった力のある生物を呼び寄せる。

「私は、魔法陣なんて描けないし、アイテムも持っていないわ。第一、呪文だって知らないし……」

どうすればいいのかと、カレンは悩む。しかし答えが出るはずもなく、腹が立ってきた。

「だから、メンテナンスもそうだけど、アフターサービスが不十分なのよ！　能力だけ与えたって、使い方の説明がなければ、どうにもできないでしょう！」

カレンの怒鳴《どな》り声は、青い空に吸いこまれて消えた。

当然、どこからも返事はない。

絶望したカレンは、そのまま仰向《あおむ》けにバッタリ倒れる。すると遥か上空に、飛行機雲が見えた。

「何か飛んでいるの？　飛行機は見えないけれど……エンジンの排気じゃなくて、気圧変化でできる飛行機雲もあるんだっけ？」

目を凝《こ》らせば、謎の飛行物体がものすごいスピードで上空を飛んでいた。青い空に一直線の白い雲が伸びていく。

藁《わら》にもすがる思いで、その先頭部分に向かって、カレンは両手を伸ばした。

「お願い。助けて」

その瞬間――カレンは手のひらに、燃えるような熱を感じた。同時に両手から、カッ！　と閃光《せんこう》が放《はな》たれ、あまりの眩《まぶ》しさに目をつぶる。

直後、ヒユゥウゥ～と、風を切る音が聞こえてきた。

「え？」

慌《あわ》てて目を開ければ、空からカレンめがけ、何かが落ちてくる。

「えええええっ!?」

カレンは、慌《あわ》てて立ち上がった。このままじゃ、ぶつかって死んでしまう。

周囲を見回したカレンは、すぐそばの大樹に駆け寄ると裏に回り、幹にしがみつく。

ギュッとカレンが身をすくめると同時に、ドォォ～ン！　と音がして、大地が激しく揺れた。爆風が巻き起こり、大樹もユサユサと揺れる。

（いやぁぁあっ！　まだ死にたくない！）

大家族をつくるどころか、好きな相手にもまだ出会えていない状況で死んでたまるものか、とカレンは思う。

必死で樹にしがみついていれば、徐々に風がおさまっていく。パラパラと木の葉が落ちてくる中、カレンはおそるおそる顔を上げる。

「――クソッ！　誰だ。こんなに急に〝喚《よ》ぶ〟なんて」

忌々《いまいま》しそうな低い声が聞こえた。

草が薙《な》ぎ払われ、大地に穴ができている。その中心に、一頭の大きな生き物がいた。

(……ライオン?)

それは、一見《いっけん》ライオンに見える生き物だった。頭から首、背中にかけて豊かなたてがみを備えた四足の獣《けもの》。体長四メートルくらい、体高は二メートルはあるだろうか。ものすごく大きいけれど、外見は確かにライオンだった。

カレンは呆気《あっけ》にとられて、その姿をまじまじと見つめる。

(でも、真っ赤で……翼がある)

そのライオンの背中には、猛禽類《もうきんるい》のような立派な翼があった。そして、全身炎を思わせる赤色なのである。

カレンが獣《けもの》を見ていると、赤いたてがみが揺れて、首が動いた。それだけで感じる威圧感と迫力、そして神々《こうごう》しさに目を奪われる。

獣《けもの》はカレンの方を向いた。青紫色の目と、目が合う。

カレンの胸が、ドキンと高鳴った。

獣《けもの》は、ゆっくりとカレンの方に歩いてくる。大きな口が開いて、鋭《するど》い牙《きば》が現れた。

「……お前が、俺を、喚《よ》んだのか?」

低い声で問いかけられて、カレンは声もなく頷《うなず》く。

これが、カレンと、彼女のはじめての召喚獣《しょうかんじゅう》――アスランとの出会いだった。

それからしばらく後――

「召喚陣も、呪文もなしで、召喚？」

赤髪の青年があきれたように声を上げた。

「そうよ。だって、私、そんなの何も知らないもの」

あきれられたのがちょっぴり悔しくて、カレンは口を尖《とが》らせる。

一本の大樹と、広がる緑の草原。その草原の一ヵ所にポッカリ大穴が空《あ》いているほかは、先刻までと何も変わりない。そこでカレンは、赤髪の青年と話していた。

翼の生《は》えたライオンの姿は、どこにもない。カレンの目の前にいる青年こそが、赤い獅子《しし》の召喚獣、アスランだった。

見上げるほどに大きな姿をしたライオンと話をはじめると、カレンは「首が疲れる」とこぼした。その途端、神々《こうごう》しい獣《けもの》はあっさり人型に姿を変えてくれたのだ。

一つにくくった深紅の長髪と、青紫色の目を持つ、均整の取れた長身の青年。彼はものすごくイケメンだった。

そのイケメン——アスランは、眉間にしわを寄せる。

「ありえない。いくら神に与えられたとはいえ、お前の召喚魔法は無茶苦茶だ。普通、俺ぐらいの聖獣《せいじゅう》を召喚するには、緻密《ちみつ》な召喚陣を一つの町くらいの規模で描く必要がある。それから数千頭の生贄《いけにえ》を捧《ささ》げた後、十日間不眠不休で呪文を唱え続けなければならないはずだ」

カレンは、目を見開いた。

「そんな！　十日間も不眠不休なんて、とても無理でしょう？」

「そう。要するに不可能だということだ」

きっぱりとアスランは断言した。

ちなみにこの世界の暦《こよみ》では、一週間は十日。一ヵ月は五週、一年は八ヵ月だそうだ。つまり、一年は四百日である。

十日間呪文を唱え続けなければ召喚できないほどの聖獣アスランは、いかにも不本意だという顔で、ギロリとカレンを睨《にら》んだ。

「そんなことも知らない人間が、俺を召喚するなんて」

どうやら彼は、自分があまりにも簡単にカレンに召喚されてしまったことが、気に入らないらしい。

その一方で、彼はカレンがこの世界の人間ではないことと、ここに来た経緯をすぐに信じた。この世界の神様から召喚魔法を授《さず》けられたことも納得したらしい。

「なるほど。神に力を授《さず》けられたから俺を喚《よ》び出せたのか。まぁこの俺を召喚すること自体、普通の人間にできることじゃないからな」

当然とばかりに話すアスラン。

召喚したカレンを主《あるじ》と認めたらしいが、最初からカレンを呼び捨てにしてきた。さらにはカレンに、自分のことも「アスラン」と呼べと言ってくる。尊大で強引……こういう人を〝俺さま〟と呼ぶのかもしれない、とカレンは思う。

「まあいい。召喚されてしまったものは、仕方ない。……お前の願いはなんだ？　さっさと望みを言え」

ものすごく高飛車《たかびしゃ》に、アスランはそう言った。

「望み？」

「そうだ。聖獣を召喚したからには、何か叶えたい望みがあるんだろう？　そのために神から召喚魔法を授《さず》けられたのだと、さっきお前が言っただろう。……早く望みを言ってくれ。お前の願いを叶えないことには、俺は聖獣界に帰れないからな」

きれいな青紫の目がカレンを促《うなが》す。

その日に見惚《みと》れながら、カレンは、困ったように首を傾《かし》げた。

「えっと。……私が、神様に願った望みは、個人的なことなんだけど――」

ためらうカレンに、アスランは顎《あご》をクイッと上げて、その先の言葉を催促する。

「――〝家族〟が、欲しいなって」

カレンの願いを聞いたアスランは、青紫の目を見開いてピタリと固まった。

「家族とは、なんだ？」

アスランの問いに、カレンは、目を丸くした。

彼いわく、聖獣には家族という概念がほとんどないらしい。生まれ落ちた瞬間から自立する力を持ち、生きるのに他者の力を必要としないので、群れることも滅多《めった》にない。自《みずか》らの子孫を残すため雌雄《しゆう》が番《つが》うことはあっても、子をなせば関係は終わるという。

聖獣であれば、どんなに弱いものでも、単独で生きていけるのだそうだ。

だから、アスランには、家族が何かわからない。しかし説明しようにも、人間にとっても非常に難しい質問だとカレンは思う。答えは人によって様々だろう。

「えっと、家族っていうのは、配偶者――聖獣にとっての番《つがい》や親子、兄弟といった血のつながりのある人のことよ。でも、血がつながっていなくても家族になれるって、私は思ってるの。……ずっと一緒にいることが当たり前で、離れてしまったら、ものすごく寂しくて泣いちゃうような存在だと思うんだけど」

考えながら小さく呟《つぶや》いたカレンの言葉に、アスランは眉間にしわを寄せた。

「よくわからないな。そんな難しいものに、俺になれというのか？」

「すぐにそうなるものじゃないのよ。ずっと一緒にいると、自然にそうなるというか、なんというか――」

はっきりしないカレンの言葉に、アスランはムッとした顔で口を開いた。

しかしそのタイミングで、カレンのお腹が、グゥ～と鳴る。……そういえばカレンは、とってもお腹が空《す》いていたのである。なんとも情けない表情になるカレン。

アスランは、開いた口をそのまま閉じた。そしてため息をついて呟《つぶや》く。

「そうだな。……人間は、食べなければ生きていけない生き物だった」

額《ひたい》の髪をかき上げながら、彼はカレンに近づいてきた。

お腹の音で言葉を遮《さえぎ》ったことに腹を立てたのかと思い、カレンは焦って抗議する。

「なっ、なによ？　だって、仕方ないじゃない！　私は、もうずっと食べていなくって――って！　きゃあっ！」

彼女の言葉は、途中で悲鳴に変わった。何故なら、近寄ってきたアスランが、カレンをサッ！　と抱き上げたからだ。

いわゆるお姫さま抱っこの体勢になり、カレンは慌《あわ》ててアスランの首にしがみついた。

「食べられる木の実のある場所に連れていく。しっかり掴まっていろ」

次の瞬間、バサリと音がして、アスランの背中に、赤い翼が出現する。大きな翼を二、三度羽《は》ばたかせたアスランは、カレンを抱いたまま空に飛び立った。

「ひぇぇぇっ！」

突然のことに、カレンは情けない悲鳴を上げる。なお強くアスランに抱きつけば、彼は眉間のしわを、これ以上ないほど深くした。

カレンの髪が風になびき、肌の上をすべる。彼女は自《みずか》らの服装をあらためて見て、胸を撫《な》で下ろした。

ジーンズとVネックのチュニック、ジャケットという、仕事用のラフな格好だ。いささか女性らしさに欠けるが、スカートでなくてよかったと、しみじみ思った。

しがみついたアスランの体は筋肉がつき、がっしりとしている。一見細身に見える彼だが、カレンの両足と腰を抱える腕は揺るぎなく、とても逞《たくま》しい。

しばらく飛び続けていると、恥ずかしさはあるものの、不思議なくらい恐怖を感じなくなってくる。

視線を上げれば、自信に満ちたアスランの顔がそこにある。絶対ないと信じることができた。

出会って、まだほんの少し。俺さまで、不機嫌そうで、見せるのは眉間にしわを寄せた顔ばかりだ。それに、人間味が少々薄い。

でも彼は、カレンのお腹が鳴ったのを聞いて、食べ物がある場所へ連れていってくれようとしている。少なくとも、この世界に来たばかりのカレンを放り出すような性格でないことは確かだ。

(聖獣って、笑ったりするのかしら?)

ピンクの神は『召喚した者とされた者は、絆《きずな》で結ばれる』と言った。

(ちっとも、そんな風には思えないけれど。……でも、笑った顔くらい見てみたいわ)

とんでもなくイケメンで、しかも本来は深紅のライオンであるアスラン。

(最初に目が合った時に、ドキドキしたけれど……それは、大きなライオンの姿だったせいよね。……きっと)

カレンは自分に言い聞かせるように心の中で呟《つぶや》く。今ドキドキしているのは、空を飛んでいるからだろう。

アスランがバサリと翼を羽《は》ばたかせ、なお高く飛翔した。

カレンの心境をよそに、眼下の景色を示しながら、アスランはこの世界の説明をはじめた。

「──俺たち聖獣の住む聖獣界は、この上の第二層にある。ここは第三層の人間界。聖獣界の上には神の住む天界があって、人間界の下には魔獣が住む魔界がある。それぞれの世界は円盤状で浮かんでいて、四層で一つの世界を構成している」

先ほどまでカレンのいた場所は、大海原に浮かぶ小さな島々の一つだった。遥か彼方に、大陸が霞《かす》んで見える。その大陸は四つの国に分かれていて、各国に人々が暮らしているそうだ。

世界が地球のような球状でないことに、まずびっくりする。

「四層の円盤状の世界なんて……じゃあ、この海の果てはどうなっているの？」

驚きながら、カレンはたずねた。

「果ての向こうは虚無《きょむ》だ。海水はそこに落ちて消えていく。四つの世界を巡《めぐ》り巡《めぐ》ってまた雨として元の世界に降ってくるのではないか、と考えている奴もいるが、事実はわからない。……気になるなら、これから、果てまで飛んでいって、見せてやろうか？」

こともなげにアスランは、提案してくれた。

カレンは、慌《あわ》てて首を横に振る。世界の果てにある虚無《きょむ》なんて、近づきたいとは思えない。

「四つの界の中で、行き来できるのは聖獣界と人間界だけだ。とはいえ、人間に階層を渡る能力はないから、移動するのは聖獣だけだがな。……聖獣と人間の能力は違いすぎる。だから、基本的に聖獣は人間界に手出しできないことになっている。……その例外が、召喚魔法で喚《よ》ばれた場合だ」

人間が自《みずか》らの魔法で聖獣を召喚した場合のみ、聖獣は人間に力を貸し、人間界で力をふるってもいいことになっている。聖獣といっても多種多様なので、小さくて弱い聖獣ならば、比較的簡単に召喚できて、力を貸してもらえるのだそうだ。

「人間に召喚されても、聖獣のメリットはほとんどない。ただ、人間という生き物は、弱いくせにいろんなものを利用して面白いものを作り出したりするからな。奴らが作り出すものに興味津々《きょうみしんしん》な聖獣も、中にはいる。そういう奴は、積極的に人間の召喚に応《こた》えているらしい。そうそう、召喚の対価として一番人気なのは、酒だな」

そんなことを言いながら、アスランは隣の島に下りていく。

「ほら、この実はシャキッとした食感で美味《うま》いぞ。瑞々《みずみず》しいし、栄養も豊富で、甘みと酸味のバランスがとれている」

とある木の下に着地したアスランは、カレンを地面に下ろすと、木になっていた赤い実を二つ採った。一つを彼女に差し出し、残りの一つは自《みずか》ら皮ごとかじりついて食べて見せる。

美味《おい》しそうに咀嚼《そしゃく》するアスラン。しかしカレンは、その実に手を伸ばせなかった。

「どうした、腹が減っているんだろう？」

確かに、お腹はペコペコだ。でも——カレンは先ほどのアスランの話が気になって仕方がない。

「……召喚には、対価が要るのね？」

声を絞《しぼ》り出し、カレンはたずねた。

「は？」

「……私、あなたにあげられるようなものを、何も持っていないわ」

先ほどのアスランの説明からして、聖獣を召喚した人間は、何か聖獣の気に入るものを差し出さなければならないのだろう。

しかし、我《わ》が身一つでこの世界に落ちてきたカレンが、そんなものを持っているはずがなかった。

カレンが対価を払えなければ、彼はこのまま彼女を置いていなくなってしまうのだろうか？

（私、また、一人で放り出されるの？）

会ったばかりだし性格に難がありそうなアスランだが、それでも一人ぼっちになるよりは、いてくれた方が、ずっといい。

一人になると考えただけで、カレンの目に涙がにじんできた。

「なっ！　おい、待て、泣くな！　ああ、もうっ！　俺は、対価なんて望んでいない」

焦った様子で、アスランはカレンの顔を覗《のぞ》きこんできた。膝を曲げて、カレンと視線を合わせてくれる。

「言っただろう。お前の望みを聞くと。……召喚された聖獣は、召喚主の願いを叶えるまで聖獣界に帰ることはできない。それに対価は、召喚する際に示されるものだ。お前は、対価を示さず俺を召喚した。だから、対価について心配する必要はない。……だいたい、お前の望みは、俺に家族になってほしいというものだっただろう？　家族ってやつは、対価を払ってなるものなのか？」

大きな声で説得されて、カレンはふるふると首を横に振った。アスランの勢いに驚きすぎて、涙も引っこんでしまう。

アスランは、ホッと息を吐く。

「俺の言い方が悪かった。聖獣の中には、人間からもらう対価が目当ての奴もいる。でもこうも言っただろう――召喚されてもメリットはほとんどないって。人間の差し出す対価は、聖獣にとってどうしても必要なものではないんだ」

「じゃあ、聖獣は何故人間に召喚されるの？」

「俺には、わからない。俺だって好き好《この》んで召喚されたわけではないしな。まあ、お前の力は桁外《けたはず》れだし、俺みたいなケースは滅多《めった》にないだろうが。……そうだな。人間に召喚された奴の中には、召喚が聖獣の心にやすらぎを与えてくれる、と言っていた者もいる」

「やすらぎ？」

聞き返すカレンに、アスランは頷《うなず》く。

「さっきも言ったように、聖獣は単体で生きる。聖獣同士で争うことも、ほぼない。たまに強いもの同士で力比べをすることはあるが、あくまでそれは自《みずか》らの力を試すため。他者を利用したり、他者と協力したりすることはない。各々《おのおの》のテリトリーも確保されているから、互いに干渉せずに自由に生きている。……だが召喚に応《こた》えた奴は、人間とつながってはじめて気づいたらしい――自分が一人だったということに。そして世の中には、一人ではなく、誰かとつながって生きていく生き方があることを知ったそうだ」

アスランの青紫の目が、遠い空を仰《あお》ぐ。

「……つながって？」

「ああ。――俺には、さっぱりわからない感覚だがな」

そう話すアスランが、カレンには何故か少し寂しそうに見えた。

偉そうで強引……でも、優しいところもあるカレンの召喚獣。空を見上げるその姿は絵画にしたいくらい美しく、うっとり見惚《みと》れたカレンだったが——お腹が、グ～ッと、鳴った。

アスランが、びっくりした顔でカレンを見る。

「だ、だって……！」

真っ赤になったカレンの姿に、アスランは「ブッ！」と、噴き出した。

「ハハ！　ハハハッ！　元気のいい腹だな」

おかしくてたまらないと言うように、アスランは笑い続ける。

カレンはポカンとして、彼を見た。

（……笑えるんだ）

声を上げ体を揺らし、笑うアスラン。

カレンは、ずっと彼の姿に見惚《みと》れていた。

その後、ようやく笑いをおさめたアスランは、あらためて木の実を差し出してくる。

カレンはちょっと膨《ふく》れつつ、シャクシャクと、その実を食べはじめた。

実の真っ赤な皮の下は白く、歯触りといい味といい、どことなくリンゴに似ている。

「しっかり食べろよ」

まだ時々クスクスと思い出し笑いをしながら、アスランはカレンを見ていた。

「……笑いすぎでしょう」

「悪いな」

アスランは謝ってすぐにまた笑うと、次の木の実を採ろうとする。

「ま、待って！　私、もう、そんなに食べられないわよ」

甘くてとても美味《おい》しいのだが、拳大《こぶしだい》ほどの大きさの実を何個も食べられるはずがなかった。

「人間は少食だな。それとも、カレンが少食なのか？」

首を傾《かし》げたアスランは、カレンの制止を聞かずに実を採ると、ヒョイと自分の口に入れ、あっという間《ま》に食べてしまう。

その後もどんどん実を採って食べるアスランに、カレンはたずねる。

「聖獣は、草食なの？」

「うん？　ああ、別になんでも食べられるが、どうしても食べなきゃいけないってものはないな。聖獣は、食事からエネルギーを取っていないから」

「え？」

「聖獣のエネルギーは、大気の中に溶けこんでいるマルナと呼ばれる成分だ。人間は魔《ま》素《そ》と呼んでいる」

大気の中にふんだんにあって、決して涸《か》れることのないマルナ。人間は魔法を使う時、マルナを体内に取りこんで使うのだという。

「魔法の素《もと》だから、魔素《まそ》と呼ぶらしい。……ただ、人間が取りこめるマルナの量は微々たるもので、魔法を使うには足りない。魔法を使えるほどマルナを取りこめるのは、ごくごく一部の者だけだ。反対に俺たち聖獣は、生まれた時から呼吸をするのと同じようにマルナを摂取している。器《うつわ》の大きさで使える魔法の力の強弱はあるが、マルナさえあれば聖獣は生きていけるし、魔法も使い放題だ」

食事は聖獣にとって必要不可欠なことではないが、味覚はあり美味《おい》しいという感覚がわかるため、楽しみのために食べているのだそうだ。

そう話しながらも、アスランは五個目の実をたいらげる。

これだけ大食漢《たいしょくかん》の聖獣が食事を必要としたら、野山の果樹はあっという間《ま》に丸坊主になってしまいそうだ。

(果実だけじゃないわ。肉だってお魚だって、食べようと思えば食べられるのよね)

聖獣が食事を必要としないことは、この世界にとって幸いなことかもしれなかった。

美味《おい》しそうに木の実を食べるアスランを、カレンはジッと見る。そのまま考えごとをしていると、彼が不思議そうな顔になった。

「ん？　どうした。やっぱりもっと食べるか？」

「あ、ううん。違うの。……アスランに、私の作ったお弁当を食べてほしいなって思って」

きっとアスランは、お弁当も喜んで食べてくれるだろう。

「オベントウ？」

口についた果汁を舌でペロリと舐《な》めながら、アスランは首を傾《かし》げた。イケメン召喚獣のそんな仕草は、ものすごく色っぽい。

カレンの頬が急に熱くなる。

「あ、あ、うん。お弁当っていうのは、箱に詰めた食事のことよ」

そもそも食事をとる必要のない彼は、お弁当を知らないのだろう。カレンはお弁当の説明をはじめる。

「蓋《ふた》のついた入れ物に、調理された食べ物を入れていって、外出先で食べるの。こんな風に外で食べることもあれば、建物の中で食べることもあるわ。出かけた先に、食べ物があるとは限らないでしょう？」

「……調理って？」

　またまた首を傾《かし》げるアスラン。なんと、そこから説明が必要らしい。

「調理っていうのは、食べ物を切ったり、火を通したり、味つけをしたりして、食べやすくすることよ」

「なんでそんなことをするんだ？」

「だって、調理しなきゃ食べづらいものや食べられないものがあるでしょう？」

「食べられないものを、わざわざ食べる必要はないだろう？」

「人間は、それだけじゃ生きていけないのよ。あと、調理することで、食材を美しく見せたり、より美味《おい》しくしたりすることもできるのよ」

　どう説明すればわかってもらえるだろうと考えたカレンは、ふと手の中にある果実に目を留める。

（そうだわ！）

「アスラン、包丁か果物ナイフを持っている？」

　百聞《ひゃくぶん》は一見《いっけん》にしかず。実際にやってみた方が伝わりやすいだろう。

　しかし、アスランは訝《いぶか》しげな顔になる。

「ホウチョウ？　クダモノナイフ？　それはなんだ？」

　立派な牙《きば》と爪を持つライオンの聖獣であるアスラン。彼に、刃物など必要なはずもない。

どうすればよいのかと考えこみながらも、カレンは、包丁や果物ナイフの説明をした。

「それは、人間が持っている剣でもいいのか？」

「えっと、あまり大きな剣は困るけど、短剣なら」

カレンの言葉を聞いたアスランは一つ頷《うなず》く。右手を差し出し、目を閉じると――

次の瞬間、アスランの手の中には小振りな短剣が一本握《にぎ》られていた。

「え？　スゴイ！　どうしたのこれ？」

目を丸くするカレンに、アスランはフフンと笑う。

「空間転移の魔法で、聖獣界にあったものを取り寄せた。聖獣の中に、人間の作り出すものに興味津々《きょうみしんしん》な奴もいると言っただろう。以前そういった奴と戦ったことがある。もちろん、俺の圧勝だったが、その時の戦利品の中にこれがあったんだ。召喚の対価として得たものらしい。……せしめた時は、なんだこんなものと思ったが……これで、いいか？」

よく見れば、短剣は美しい鞘《さや》のついた、たいそう立派なものだった。召喚の対価であるからには、とても高価なものなのかもしれない。こんな高そうな短剣を使っていいものかと迷ったが、カレンは仕方なくその短剣を受け取った。

近くで拾った硬い葉を数枚重ね、まな板がわりにする。その上でリンゴに似た実を六つに切って芯を取り、一切れの皮の両端から真ん中に向かって切れ目を入れていき――

「できた！」

カレンが作ったのは、〝ウサギリンゴ〟だった。

「どう？」

短剣を左手に持ちかえてアスランの目の前にそれを差し出せば、赤い髪の青年は、目をパチクリさせる。

「これは？」

「同じ木の実でも、切って形を整えると、また違う感じになるでしょう？　食べてみて」

彼女が差し出したウサギリンゴを、アスランはジッと凝視する。

「えっと、そんなに見なくても……あ！　ひょっとして、この世界には、ウサギがいないの？　だったら、何かほかの耳の長い動物だと思ってくれたらいいんだけど……」

ジッと動かないアスランに、カレンはだんだん不安になってきた。

（子供だましみたいに思われたのかしら……）

視線に耐え切れず、手を引っこめようとした瞬間。アスランは急に動き、カレンが持ったままのウサギリンゴにパクリとかじりついた。

シャクシャクと二口で食べ終えたアスランが、勢い余ってカレンの指まで口に含む。

「へ？　え、きゃぁっ！」

悲鳴を上げる彼女にかまわず、アスランは笑みを浮かべた。

「美味《うま》い！」

アスランは満足げにそう言った。なんだか興奮気味だ。

「不思議だな？　まるごとかじるのと味は変わらないはずなのに、こっちの方が美味《うま》いと感じる。もっと、作ってくれ！」

残りのウサギリンゴもあっという間《ま》に食べ終え、アスランは次を催促した。

こんなに気に入ってくれるとは思ってもみなかった。カレンは戸惑いながらも、またウサギリンゴを作る。ちなみにこの世界にも、ウサギに似た動物はいるらしい。

結局この後、カレンは五個の実を三十個のウサギリンゴにした。

そのすべてを、アスランは嬉しそうに食べた。それでも飽き足らず、彼が次を催促するものだから――

「いくらなんでも食べすぎよ！　木を丸坊主にするつもりなの！」

カレンの怒鳴《どな》り声が、無人島の青い空に響き渡ったのだった。

そうして山ほどのウサギリンゴを食べた後。

「調理というのは、すごいものだな。カレンが言ってたお弁当も食べてみたくなった」

眉間のしわをすっかり消したアスランが、真面目な顔で言ってくる。

「今のは食材を切っただけど……嬉しいわ。ただ、今の状況じゃ、お弁当なんてとても作れない。もっといろんな食材や道具がなくっちゃ」

カレンの言葉に、アスランは少し考えこんだ後、質問する。

「食材とは？」

「お肉やお魚、野菜、穀物とか、調味料のことよ」

普段お弁当を作る時に必要な食材を、指折り数えるカレン。

アスランはふーんと頷《うなず》くと、また聞いてきた。

「道具とは？」

「包丁にまな板、お鍋にフライパン、お玉に菜箸《さいばし》、ボウルや計量道具なんかも、料理には必要なの」

地球では普通に使ってきた調理器具も、一から作るとなればたいへんなことだ。ほかにも食器やコンロ、冷蔵庫などの家電製品も要ることを考えれば、お弁当への道のりは果てしなく遠いと言える。

「この世界に、冷蔵庫とかオーブンってあるのかしら？　人がどうやって調理しているのか、アスランは知っている？」

文化も文明の度合いもわからないが、人が暮らしている以上、料理はするだろう。食文化の違いはあっても、基本の道具はそれほど違わないと思われる。

カレンの質問に、アスランはあっさりと首を横に振った。

「俺は、今まで人間に会ったことがない。カレンがはじめてだ」

はじめてという言葉に、カレンは、ちょっとドキッとしてしまう。

「人間の住んでいる場所に行けば、食材や道具が手に入るかもしれないんだけれど——」

カレンの言葉に、アスランは眉間にしわを寄せる。

(ああ！　せっかく、なくなっていたのに)

しわを伸ばすため、カレンは彼の眉間に手を伸ばそうとするが——

「なんだ？」

怪訝《けげん》そうにアスランに見られて、伸ばしかけた手を慌《あわ》てて引っこめた。

(私ったら、何をしようとしているの？)

自分で自分がわからない。

アスランはカレンが答えないのを見て、首を傾《かし》げてから口を開いた。

「人間の町に行くのは、反対だ。俺は人間の常識がわからないし、お前はこの世界のことを何も知らない。行ったところで、どうすれば食材や道具が手に入るのかもわからないだろう」

それはそうかもしれないけれど、このままでは料理なんて夢のまた夢だ。今後カレンは一生、木の実しか食べられないかもしれない。

（ムリムリ、絶対ムリ！）

カレンは基本的に料理好きだし、何より食べることが大好きだ。木の実だけの食生活なんて、耐えられるはずがない。

「えっと。……あの、さっき言っていた、人間に興味のある聖獣に教えてもらうことはできないかしら？」

カレンの言葉を聞き、彼は派手に顔をしかめた。

「……あんな奴に頼りたくない」

どうやらアスランは、その聖獣が嫌いらしい。

しかしカレンとて、今後の食生活がかかっているのだ。意地や好き嫌いの問題で、諦めるわけにはいかない。どう説得しようかと考えて――

「食材や道具があったら、もっと美味《おい》しい料理をたくさん作れるんだけどな」

カレンは、ものすごく残念そうに呟《つぶや》いた。

するとアスランの耳が、ピクリと動く。

「この木の実だって、もっといろいろな調理法があって、美味《おい》しくなるのに……残念だわ」

青紫の瞳が、大きく見開かれる。

「……もっと、美味《おい》しく？」

（かかった！）

カレンは心の中でほくそ笑む。

「そうよ。例えば、焼きリンゴ。――芯をくりぬいて、そこにお砂糖と蜂蜜《はちみつ》、バターを入れて焼けば、ものすごく甘く、美味《おい》しくなるの！　ほかにも、アップルパイとかコンポートとか。この木の実をすりおろしたソースでお肉を焼いても、美味《おい》しくなるわ！」

料理を作ったり、食べたりするジェスチャーをして、力説するカレン。

アスランはずいっと身を乗り出してくる。

「……そんなに、美味《おい》しいのか？」

「モチロン！」

自信たっぷりにカレンは胸を張った。

眉間のしわを深くして、アスランは考えこむ。やがて――

「仕方ない。……奴を召喚するか」

そう言った。

心の中でガッツポーズを決めるカレン。

決断すれば、アスランの行動は早かった。どこからともなく一本の棒切れを拾ってきた彼は、草もまばらな荒れ地にカレンを連れてきて、地面の上に召喚陣を描けと言ってくる。

「召喚陣？」

「ああ。聖獣は召喚魔法を使えないから、カレンがやるしかない。……カレンが俺を召喚した時は、直接姿を見て『助けて』と願ったことで、召喚魔法が発動したんだろう。だが、これから喚《よ》ぶ奴は、お前が見たことも聞いたこともない相手だし、そもそもどこにいるのかもわからない。だから、召喚陣で相手を特定して喚《よ》ぶしかない」

なるほどそうなのね、とカレンは思う。

アスランの指示に従って、直径三メートルくらいの円を描き、その中に複雑な模様を描きこんでいく。

「うん。まあこれでいいか。かなり雑な召喚陣だが、神に授《さず》けられた力があればなんとかなるだろう。……それに、あんな奴、これで十分だ」

アスランの意見には、かなり私情が入っているようだ。

本当にこれで大丈夫か心配だが、何も知らないカレンには、判断のしようがない。

「よし。じゃあ、召喚陣の前に立って、両手を突き出せ。それから、俺の言う通りに復唱しろ」

俺さまアスランの言葉に従《したが》い、カレンは召喚陣の前に立つ。

そのカレンの横でアスランは口を開いた。

「我《わ》が呼びかけに応《こた》えよ。天駆ける風――」

低く威厳のある声で、言葉を発するアスラン。

「え？　えっと……我《わ》が呼びかけに、応《こた》えよ？　天駆ける風――」

カレンのたどたどしい呪文に、彼はあきれた目を向けてくる。しばし間《ま》があったが、先を続けた。

「我《わ》がもとに来たりて、力を貸したまえ」

「わ、我《わ》がもとに来たりて、力を貸したまえ」

「出《い》でよ！　アウル！　風を司《つかさど》る鵬《おおとり》の聖獣王！」

「出《い》でよ！　アウル！　風を司《つかさど》る、お、鵬《おおとり》の、聖獣、王ぅ？　……え？　えぇぇえっ!?」

カレンが驚愕《きょうがく》の叫びを上げた途端、両手が熱くなり、召喚陣からカッ！　と、光が溢《あふ》れる。思わずカレンは目をつぶった。

ドォン！　ドォン！　という派手な地響きが聞こえる。

同時に、大地がグラグラと揺れて、召喚陣から爆風が吹きあがった。

風に煽《あお》られて倒れそうになったカレンを、アスランがサッと抱きかかえ、支えてくれる。カレンは目をつぶって彼にしがみついた。

そして揺れと風がおさまった時――

「ちょっと、急に召喚するなんて、ヒドイなぁ」

声が、聞こえた。

目を開ければ――召喚陣の真上に、極彩色《ごくさいしき》の翼を広げた大きな鳥がいた。

数分後――

「うわっ、なに？　この稚拙《ちせつ》な召喚陣。本当にこれで俺を召喚したの？」

派手な虹色の髪をした青年が、カレンの描いた召喚陣の前で「ありえない」と呟《つぶや》き、頭を抱えてがっくりと膝をつく。

彼が極彩色《ごくさいしき》の大きな鳥――鵬《おおとり》の聖獣王アウルだ。やはり会話しにくいので、早々に人型になってもらった。彼もまた、アスランに負けず劣《おと》らずの、ものすごいイケメンである。

（聖獣って、もれなくイケメンなの⁉）

心の中で、カレンは叫ぶ。

（しかも、聖獣王って！　どうしてそんな立派な聖獣を喚《よ》んだの？）

焦ってアスランに確認すれば、彼は「当たり前だろう」とすまして言った。

「俺も、炎を司《つかさど》る獅子《しし》の聖獣王だ。俺と同じようにカレンに召喚されるものが、王クラスでないなどと、容認できるはずがない」

開いた口が塞《ふさ》がらないカレンである。

アスランが獅子《しし》の聖獣王だなんて、彼女はまったく知らなかった。

（聖獣王って、そんなに簡単に召喚できるものなの？）

そんなはずはないだろう。なにしろ『王』だ。

しかし、カレンの目の前で「そんなバカな」とブツブツ呟《つぶや》きながら召喚陣を棒で突っつく虹色の髪の青年は、あまり偉そうには見えなかった。

（ひょっとして、王っていうのは、早食い王とかクイズ王みたいな感じなのかも。風を司《つかさど》る聖獣たちの王さま、じゃなくて）

きっとそうだ、とカレンは思いこもうとする。

必死にカレンが現実逃避をしている脇で、偉そうにアスランが青年――アウルに命令した。

「いつまでそこで蹲《うずくま》っている。うっとうしい。とっとと立ってこっちに来い！」

アウルは、キッ！　と顔を上げ、アスランを睨《にら》みつける。

「お前に命令される謂《いわ》れはないね。……そっちのカワイコちゃんの命令なら、別だけど」

アスランには素っ気なく、カレンに対しては、ものすごく軽く返したアウル。さらに、カレンに向かってニコリと笑った。

「君が俺の召喚主？　こんなに可愛い子に喚《よ》ばれたなんて、嬉しいな」

たった今まで悄然《しょうぜん》としていた姿は、どこに行ったのか？　ピョンと立ち上がったアウルは、足取りも軽くカレンに近づいてくる。

「君の望みは、何？　君のような可愛い子の望みなら、どんなものでも叶えてあげるよ」

ニコニコと笑いながら、手を差し伸べてくる。

あまりに軽いその言動が嘘くさく見えて、カレンは思わず、一歩退《しりぞ》いてしまった。

(チャラいナンパ男みたい)

第一印象にしてはずいぶん失礼なことを、カレンは思ってしまう。そのせいで、返事を上手くできない。

「えっと、その——」

カレンの前に、アスランが体を割りこませてきた。

「俺たちを人間の町に連れていけ」

カレンを背に庇《かば》ったアスランは、アウルに高飛車《たかびしゃ》に命令する。アウルは顔をしかめた。

「お前に聞いているんじゃない。その娘《こ》に聞いているんだ。……それに、人間の町だって？　人間に興味の欠片《かけら》もなかったお前が召喚に応じているのだって信じられないことなのに、人間の町にまで行こうとしているなんて。……いったいどういう風の吹き回しだ？」

訝《いぶか》しげにアスランを睨《にら》むアウル。

「俺が何をどうしようが、お前にとやかく言われる筋合いはない」

「俺を巻きこんでおいて、なんだその態度は！　その娘《こ》に俺を召喚させたのはお前なんだろう⁉」

一触即発《いっしょくそくはつ》の空気に、カレンは慌《あわ》てて叫んだ。

「あ！　あのっ！　私が、説明します！」

二人の間に体を割りこませる。

そして、カレンはアウルに事情を説明しはじめた。

カレンの隣では、アスランが不機嫌そうに腕を組んで立っている。しかし説明もせずに命令だけするなんて、カレンにできるはずもない。

カレンの説明を聞いたアウルは、驚きながらも「そうか」と頷《うなず》いた。

「異世界人？　君が？　……確かにその格好は、普通の人間の女の子とはちょっと思えなかったけど」

「こっちの女の人って、どんな服装なんですか？」

「あ、うん。まあ、間違ってもズボンは穿《は》かないかな。ワンピースに……最近は、幅広のベルトが流行《はや》っているみたいだよ」

服の流行まで知っているとなれば、アウルが人間界に精通していることは間違いないだろう。

「お願いです！　私たちを人間の町に連れていってください。私たち、そこで食材と調理器具を買いたいんです！」

それに、この世界の人間にも会ってみたい。カレンは人間なのだ。いくら聖獣を召喚できるといっても、彼らとだけ暮らしたいとは思っていない。

「カレンは、お願いなんてしなくていい。そいつに命令すればいいんだ」

不満そうにアスランがボソリと呟《つぶや》く。

アウルは、ハハンと笑った。

「まあ、人間に興味のないアスランじゃ、人間界で買い物なんてできないものね。……いいよ、カレン、俺の可愛い召喚主。君の望みを叶えてあげる。……君の召喚獣である、この〝俺〟がね」

ドヤ顔で笑うアウル。

一方のアスランは、眉間のしわをどんどん深くする。

カレンは「アハハ……」と乾いた笑い声を上げた。

——その後、話がまとまった頃には、日が暮れはじめていた。今から町に行っても、そろそろ店が閉まるということで、そのまま島で野宿することにする。

テントも寝袋も何もない状況の野宿なんて、カレンははじめてだ。最初は心配したが、幸いなことに杞憂《きゆう》に終わった。

アスランが獣体に戻ってくれたのである。

「人間は、ひ弱だからな」

そう言って野原に堂々と横たわった獅子《しし》の聖獣は、自分のお腹あたりをカレンに示した。

カレンはおっかなびっくり、ふわふわの毛の中にもぐりこんだ。その上にアスランは、翼を布団のようにかけてくれる。

（これが噂のモフモフなのね）

カレンは今まで一度もペットを飼ったことがない。これが人生初のモフモフ体験だ。

こんな状況だったが、噂に違《たが》わぬ気持ちよさに、心底癒《いや》されてぐっすり眠った。

翌日の朝食は、再びウサギリンゴ。さすがにカレンは、ほんの少ししか食べられなかった。

その代わり、聖獣二人はものすごく喜んで、あきれるくらい大量のウサギリンゴを食べた。

「へぇ～？　俺は人間の町に何回も行ったことがあるけど、こんなのは食べたことがないな。……まあ、人間の食べ物を食べたこと自体、一回だけかな。あんまり美味《うま》かったっていう覚えはないよ」

首を傾《かし》げながら、もう何個目かわからないウサギリンゴを口に入れたアウル。

なんでも聖獣は、獣《けもの》の成体と人型のほかに、小型の獣体にもなれるそうだ。アウルの場合は、それがフクロウ――それも、可愛い耳のような羽角《うかく》を持つウサギフクロウで、ウサギリンゴはその姿に似ているらしい。元々可愛いものが大好きだというアウルは、ウサギリンゴに大興奮だった。

そして朝食後――カレンはついに人間の町に連れてきてもらい、歩きながらあらためて事情を説明する。アウルは感心した様子で相槌《あいづち》を打った。

「へぇ～？　すごいね。神さまなんて、俺は会ったこともないよ。直接話して力を授《さず》けられるなんて、やっぱり俺の主《あるじ》になる娘《こ》は、違うなぁ」

上機嫌のアウルはカレンの右隣を歩きながら頭の後ろで手を組み、空を見上げる。そんな彼を、アスランがギロッと睨《にら》んで言う。

「無駄口をたたいてないで、さっさと料理に必要なものを買える場所に案内しろ。まったく、ちょっと待っていろと言って調達してきたものが、カレンの服とはどういうことだ？　食材と調理器具が欲しいと言っただろう」

町に入る前、アウルは二人をその場で待たせ、カレンの服を買ってきてくれたのだ。その服に着替えたカレンの左隣を歩くアスランは、相変わらず不機嫌だ。青紫の目が剣呑《けんのん》で、はっきり言って、怖い。

「これだから、人間を知らない奴は。――人間っていうのは弱い生き物だから、自分たちとは異質なものを警戒するんだよ。あのままの格好では、カレンが買い物をしようとしても、何一つ売ってくれないに決まっている」

バカにしたようにアウルは言って、鼻を鳴らす。

アスランはカチンときたらしく、声を上げた。

「きさま！」

「なんだよ！」

カレンの頭越しに睨《にら》み合い、今にも殴り合いをはじめそうな二人。カレンは一生懸命に二人を止める。

「ちょっと、やめて！　お願い。……目立ってる！　ものすごく、目立っているから」

長身のアスランと、アスランよりは低いけれどやっぱり長身のアウル。片や深紅の長髪で、もう一方は虹色のロングウェーブの髪をした派手なイケメン二人組が、通りの真ん中で言い争いをしていて、目立たないはずがない。

周囲を見回すと、多くの町人が足を止め、目を丸くしてカレンたち三人を見ていた。

どこか中世ヨーロッパの田舎町を思わせる格好をした周囲の人々に、カレンは愛想笑いをしながら、ペコリと頭を下げる。

ここはカレンたちのいた島から一番近い人間の国、ヌーガル王国の外《はず》れにある港町。

小さな漁港を中心に広がる町には、強い潮風に耐えられるように設計された低い家が立ち並ぶ。青い海を背景に異国情緒たっぷりの景色だ。

（私にとっては異国というか、異世界だけれど……）

テンションが上がってもおかしくないところだが、アスランのお姫さま抱っこで海を越えたカレンは、若干《じゃっかん》お疲れモードである。美形と密着という慣れない事態に、精神的にくたびれたのだ。

「それより、アウル、本当にお金を使わせてもらっていいの？」

アウルは以前、海で遭難した人間の船を助けたことがあるそうで、その時にお礼としてもらったお金を持っているのだという。

「いいの、いいの。持っていても使い道がないし。遠慮しないで使ってよ」

「ありがとう」

申し訳なく思いながら頭を下げるカレン。一方のアスランはあきれたような表情だ。

「どうせその船は、お前がうっかり吹き飛ばして、遭難させたんだろう」

アスランの指摘に、アウルは「てへっ」と笑う。

「人間の船って、木の葉みたいに軽いよね」

いろいろツッコミたいカレンだったが、ジッと黙っていた。自分の着ている服はもちろん、この後買う予定の食材も調理器具も、そのお金で買うのだと思えば、返してこいとも言えない。

そんなやりとりをしつつ、ようやく田舎の雑貨屋みたいな店を見つけた。

種々雑多《しゅじゅざった》な日用品と一緒に、野菜や果物、乾物なども売っている。欲しいものは一通り、この店で揃《そろ》えられそうだ。

しかし、カレンにとっては見慣れない食材や道具もあり、戸惑ってしまう。

（えっと、まずは基本の調理器具と食器を買いたいんだけれど……）

アウルの持っているお金がいくらくらいあるのか、貨幣価値がわからない三人では見当もつかない。金貨がいくつもあったから、ある程度の物は買えそうだが、楽観視はできない。カレンは、必要最低限を揃《そろ》えることにする。

（これは包丁よね）

まずカレンは、ズラリと並ぶ刃物の中から、包丁を選ぶ。本当は用途別に二本欲しいところだが、短剣があるから我慢して一本にする。

次に、まな板がわりの木の板と、調理台に使えそうな折りたたみのテーブル、なんだかやたらに重い金属製のボウルとザルを選ぶ。大きめの鍋に、取っ手が二つついたフライパン、木製のお玉としゃもじも手に取った。

（あとはスプーンとかお皿を買って……）

用途の見当をつけながら異世界の道具を選ぶカレンに、店の女主人と思《おぼ》しき貫禄《かんろく》のある女性が声をかけてきた。

「なんだいお嬢ちゃん、見ない顔だね。この町で一人暮らしでもはじめるのかい？　それとも新婚さんで、家具を揃《そろ》えに来たのかい？　旦那さんは二人いるようだけど？」

からかうような口調の女主人。異世界に来てはじめて話をする人間に、カレンは心の中で興奮する。

（うわぁ！　異世界の人と、初会話だわ。第一村人発見！　みたいな？）

「新婚じゃないです」

興奮を抑え、首を横に振りながら、カレンは答えた。

「ああ。じゃあ、一人暮らしの方だね。あっちの二人はお兄さんで、妹の買い物の荷物持ちってとこかい？　ずいぶん派手な兄さんたちだねぇ」

アハハとカレンは笑う。ここは曖昧《あいまい》にごまかしておいた方がよさそうだ。

問題の二人は、物珍しそうに店内を見て回り、あちこち物色している。はじめてのアスランはともかく、何度か人間の町に来たことがあるはずのアウルまで興味津々《きょうみしんしん》の様子だ。

せっかく声をかけてもらったので、カレンは女主人に食材を選ぶのを助けてもらうことにした。いろいろ手にとったり見たりして気になったものを指さし、カレンは問いかける。

「この粉は、なんですか？」

「ああ、それは〝薄力粉〟だよ。そっちは〝砂糖〟。奥のは〝塩〟だね」

「野菜は？」

「〝キャベツ〟は採り立てで新鮮だよ。〝長ネギ〟と〝長いも〟はちょっと日が経っちゃいるけれども、もともと保存食だ、心配ないだろう」

カレンが粉の種類や野菜の鮮度を聞いているのかと思った女主人は、丁寧に教えてくれる。

カレンの〝翻訳魔法〟は便利なもので、異世界の食材でもカレンの知っているものに近い言葉に翻訳してくれた。

確かに言われてみれば、大きさや形が多少違うが、野菜は日本のものに似ている。

「これって、〝鳥の卵〟ですよね？」

「ほかのなんに見えるんだい？」

「これは？」

黒くてドロっとした液体の入っている小瓶と、透明な液体の入っている小瓶を両方持って、カレンは振ってみる。

さすがに、女主人があきれた顔をした。

「〝ソース〟と〝油〟だよ。ちなみに、その隣は〝牛乳〟。……なんだいお嬢ちゃんは今まで料理をしたことがないのかい？　どこの箱入り娘なんだい？」

いえいえ、毎日料理をして働いていました、とは言えないカレンである。

怪訝《けげん》そうな女主人の様子に、そろそろ潮時《しおどき》かなと思い、支払いをしてもらおうとアウルを探す。

「さっきの調理器具と、それを全部ください。アウル、支払いを――」

頼もうとして、カレンはピキッと固まった。

「カレン！　カレン！　これも買おう！」

「これもだ」

そこには、トマトと思《おぼ》しき真っ赤な実がいっぱい入ったかごを二つも持ったアウルと、動物の足らしきものの塩漬けを両手にぶら下げるアスランがいた。

「まいどありぃ」

女主人が嬉しそうな声を出す。

（これ全部買ったら、いったいいくらするの？　お金は足りるのかしら？）

カレンは、クラクラする頭を抱えたのだった。

第二章「召喚獣に餌付《えづ》け」

支払いができるのか心配したカレンだが、幸いなことにアウルが持っていたお金で、買おうと思っていたものはほぼ買えた。

もっとも、アウルの〝トマト〟は一かごにして、アスランの〝ハム〟も一本に減らしたが――

不満タラタラの聖獣たちに、カレンは無駄遣いはダメだと叱りつける。経済観念皆無の聖獣たちに、頭が痛くなった。

なにはともあれ、買い物を終えたので、カレンたちは最初にカレンとアスランが出会った島へと戻ることにする。

異世界の常識がわからぬカレンと、人間に接したことのないアスラン。二人がいきなり人間の町に住むのはハードルが高すぎる。人の目を気にする必要のない島暮らしが最適に思われた。

大陸から離れたこの島は、天候が穏やかで島の中央に洞窟《どうくつ》と小さな湧き水がある。周囲の木々が適度な木陰を作り、なおかつ地質がいいせいか、地面も乾いていて、ぬかるみもない場所だ。

何よりここには、地面の隆起《りゅうき》によりできたと思われる低い段差があった。

「この段差を利用して、即席かまどが作れるわ」

料理をするのに丁度いい段差に、カレンは大喜びする。

「かまど？」

「料理を煮炊きするものよ」

システムキッチンが普及した現代日本において、かまどに接する機会はあまりない。

カレン自身、実際にかまどを見たことは一度もないけれど、ボランティア団体が開発途上国でかまど作りを行《おこな》っているテレビ番組を見たことがあった。土台に石やレンガを積み上げ、粘土で簡単に作れるかまどに、ずいぶん感心したものだ。

(でも、あれって乾くのに二、三日かかるのよね)

今後のことも考えて、そのうちテレビで見たようなかまどを作りたい。しかし今は、これから調理するための即席かまどが必要である。

段差の高さや形状、地面の硬さを確認して場所を決めたカレンは、七、八十センチくらいの高さの段差の上に縦穴を掘ってほしいとアスランに頼んだ。

「縦穴？」

「そうよ。そしたら横からも縦穴めがけて穴を掘るの。横穴から木切れを入れて火を焚《た》けば、かまどになるわ」

硬そうな地面にカレン一人で穴を掘るのはとても無理だが、聖獣のアスランなら、おちゃのこさいさいだろう。

カレンの説明を聞いても、よくわからないという顔のアスラン。それでも彼は、要望通りの穴を、一瞬で掘ってくれた。

想像以上の聖獣の力にカレンは感嘆する。

でき上がった即席かまどは、とても立派なものだった。

「すごいわ！　アスラン、ありがとう」

素直に感謝の言葉を告げれば、アスランもまんざらでもなさそうだ。

それから落ちていた木の枝を集めてかまどに入れ、準備完了。

喜び勇《いさ》んだカレンは、早々に念願の料理をはじめることにした。折りたたみのテーブルを地面に立てて、調理台にする。

(何がいいかしら？)

買ってきた食材を眺めて考えた。

（調理器具ははじめて使うものだし、あまり面倒じゃない料理。それでいて食べごたえのあるものがいいわよね）

昨日や今朝のアスランとアウルの食べっぷりを思い出し、これから作る量を考える。悩みに悩んで、カレンはとある料理を選んだ。

まずキャベツをまな板に載せ、包丁を取り出す。カレンは、ものすごい速さでキャベツを千切りにしはじめた。

（伊達《だて》にお弁当屋さんに勤めていたんじゃないわ）

ザクザクと鮮《あざ》やかな手つきでキャベツを切るカレンに、アスランとアウルは、びっくりして目を見開く。千切りを終えたカレンは、キャベツをざるの中に山盛り入れた。その後、ネギも切り、次《つ》いでボウルの中に薄力粉と卵、水を入れ、トロトロにまぜ合わせる。さらに長いもをすりおろし、まぜ合わせ、ハムを薄く切った。

「アスラン、かまどに火をつけてくれる」

炎の聖獣王であるアスランは、火を操《あやつ》るのが得意なのだそうだ。

「あ、ああ。それはかまわないが、でもカレン、気をつけろ」

「大丈夫よ」

返事をすると、カレンはボウルの中にキャベツとネギを入れ、かきまぜた。

かまどにかけて丁度いい熱さになったフライパンに、油をうすく引く。

まぜた生地をフライパンに流せば、ジュワ～ッという音と生地の焼ける匂いが、周囲に広がる。

「……これは？」

フライパンを覗《のぞ》きこみ、アウルが聞いてきた。

「お好み焼きよ」

カレンの返事に、アスランとアウルは、ゴクンと唾を呑みこむ。

片面がよく焼けた頃、上にハムを載せる。そして素早く木しゃもじを使って、サッとひっくり返した。再び、ジュワッ！　と音がして、今度はハムが焼ける匂いがしてくる。

（……そろそろいいかしら？）

焼き加減を見ながら、カレンはお好み焼きにソースをかけた。フライパンにこぼれたソースがジュウジュウと蒸発し、湯気が上がる。

焼かれてふっくら膨《ふく》らむお好み焼きから、アスランもアウルも目が離せないようだ。

そんな彼らの目の前で、でき上がった熱々のお好み焼きを、カレンはしゃもじで三等分する。

中はふんわりモチモチな仕上がりになっていて、思わず笑みを浮かべた。

「カレン――」

「ええ。今、お皿に盛るわ。熱いから気をつけて、一緒に食べましょう。このフォークを使って食べるのよ」

お好み焼きを皿に移すと、カレンは二人に買ってきたフォークを配る。

野原に座ったカレンは、皿を膝に置いて手を合わせた。

「いただきます」

見よう見まねで、カレンと同じく両手を合わせるアスランとアウル。

「い、……いただきます」

一口大に切ったお好み焼きにフーフーと息を吹きかけ、カレンはパクリと食べた。

「うん。美味《おい》しい！」

異世界に来てようやく食べた料理らしい料理に、カレンの口元は思わずほころぶ。

途端――アスランがものすごい勢いで、お好み焼きを口に入れた。

「熱っ！」

「もうっ、気をつけてって言ったでしょう！」

炎の聖獣なのに、アスランは猫舌のようだ。獅子《しし》なので仕方ないのかもしれない。

「熱い。……しかし、美味《うま》い！」

「なにこれ？　なにこれ？　なにこれ？」

お好み焼きを食べて目を丸くしたアウルは、同じ質問を繰り返した。

二人ともとても美味《おい》しそうに食べてくれる。

「カレン。これを、もっと、食べたい！」

ハフハフしながらもお好み焼きを食べ終えて、アスランが叫んだ。

「俺も！」

アウルはまだ食べかけなのに、もうおかわりの注文を出してくる。

「生地はあるから、いっぱい食べてね」

どうやら異世界ではじめて作ったお好み焼きは、聖獣たちにとても満足してもらえたようだった。

その後、お好み焼きを食べ終わったものの物足りなそうな彼らに、カレンは残った卵で、オムレツを作ってあげる。真っ赤なトマトを入れたオムレツに、二人は再び感動した。

彼らの食欲は底がなく、二人はカレンにもっと料理を作ってと頼んでくる。

「さすがに、今日はもうダメよ。私も疲れたし」

きりがない、とカレンはきっぱり断った。実は、フライパンもほかの調理器具も元の世界のものよりかなり重くて、カレンの手はプルプル震えだしていたのだ。

それを見たアスランとアウルは、渋々《しぶしぶ》ながらも諦める。

「また作ってくれるだろう？」

期待に満ちたアスランの問いに、カレンは頷《うなず》く。

「ええ。もちろん。前に話したお弁当も必ず作ってあげる」

出会った当初は眉間にしわばかり寄せていた獅子《しし》の聖獣は、嬉しそうに笑う。

「オベントウ？　それも食べてみたいな」

「もちろん。アウルも一緒に食べましょう」

相変わらずニコニコしているアウルだが、その笑みからは嘘くささが抜けた気がする。

彼の心からの笑顔を見られて、カレンはなんだか嬉しくなる。

（やっぱり一緒に食事をするって、お互いの距離を縮める、とってもいいことなのよね）

自分が作った料理を喜んでもらえる幸せを実感したカレン。

しかし、彼女には、まだやらなければならないことが残っていた。

それは、後片付けだ。料理を作るのは好きでも後片付けは嫌いだという人は、結構多い。カレンにその傾向はないのだが、重いフライパンが汚れているのを見て、思わず大きなため息を漏《も》らした。

それを聞きつけたのはアスランだ。

「どうした？」

「あ、うん。使った道具を洗わなくちゃいけないと思って」

昨日と今朝は短剣一本で果実を切っただけだったので、岩場からチョロチョロと出る湧き水でサッと汚れを落とし、アスランに熱消毒をしてもらった。しかし今日は調理器具のほかに食器がある。ある程度水が出るところで洗わなくてはならないだろう。

そう思って聞けば、道具についた汚れを見たアスランが、眉間に深いしわを寄せた。

（ああ、また！）

思わずアスランの額《ひたい》に手を伸ばすカレン。

「なんだ？」

額《ひたい》に触れる直前で問いかけられて、慌《あわ》てて引っこめた。

「あ！　えっと、その。……いい水場はあるかしら？」

二人のやりとりを見たアウルが、肩をすくめる。

「水を司《つかさど》る聖獣を召喚したらいいだろう？」

「水を？」

キョトンとするカレンと、なお顔をしかめるアスラン。アウルは変わらぬ調子で続ける。

「別に、今度は調理器具や皿の汚れを落とすだけだ。俺たちみたいな王クラスじゃなく、水属性の幼体を喚《よ》べばいい。ちゃちゃっと洗ってもらって、ちゃちゃっと返せばいいさ」

やはり聖獣王というのは、各属性の聖獣たちの中で強い者を指すようだ。

召喚魔法で喚《よ》べる召喚獣は、ピンからキリまで。アスランやアウルのような強い聖獣を召喚するには、本来、それなりの準備や儀式が必要らしい。でも弱い聖獣ならば、もっとずっと簡単に喚《よ》べるのだとか。

「もっとも、俺はあんな雑な召喚陣で、召喚されちゃったんだけどさ……」

思い出したのか、アウルはず～んと落ちこむ。

「カレンの召喚魔法は、神からもらった特別な力だからな。……俺なんか、召喚陣も呪文もなしで召喚されたぞ」

遠い目をしたアスランの言葉に、アウルは驚いて顔を上げる。

「へ？　何もなしで、アスランを？」

「ああ」

アウルが信じられないものを見るような目をカレンに向ける。

「召喚しようと思って召喚したわけじゃないもの！」

カレンの抗議の言葉は、聖獣二人に、なお大きなため息をつかせただけだった。

その後、気を取り直したカレンは、アスランとアウルの指導のもと、水属性の弱い召喚獣を喚《よ》ぶための召喚陣を地面に描く。

「こんなものかな?」

首を傾《かし》げるアウル。

「まあ、いいだろう。お世辞にも上手いとは言えないが、カレンの力があればどんな召喚陣でも成功するはずだ」

そう断言するアスラン。

「悪かったわね、下手で!」

カレンは、プーッと、頬を膨《ふく》らませた。

「よし、じゃあ、召喚陣の前に立って。両手を突き出し、俺の言う通りに復唱しろ」

アウルを召喚した時と同じように、アスランが言ってくる。

まだちょっと拗《す》ねながら、カレンは召喚陣の前に立った。

「我《わ》が呼びかけに応《こた》えよ。清らかなる水よ——」

低く威厳のあるアスランの声が響く。

「我《わ》が呼びかけに応《こた》えよ。清らかなる水よ——」

今度は前よりすんなりと、カレンも言葉を紡《つむ》いだ。

「我《わ》がもとに来たりて、力を貸したまえ」

「我《わ》がもとに来たりて、力を貸したまえ」

「出《い》でよ！　水の聖獣！」

「出《い》でよ！　水の聖獣！」

その途端、カレンの両手は熱くなり、召喚陣からカッ！　と、光が溢《あふ》れる。

アウルを喚《よ》んだ時と同じくらい強い光に、思わずカレンは目をつぶった。

ドォォン！　ドォォン！　という派手な地響きが聞こえる。

同時に、大地がグラグラと揺れて、召喚陣から爆風が吹きあがった。

「なっ！　バカな、なんだこれは⁉」

焦って声を上げたアスランが、カレンを腕の中に庇《かば》う。

アウルも、驚愕《きょうがく》の声を上げた。

「この規模の召喚は、幼体じゃない！」

しばらくして、揺れと風がおさまった時――

「待ちくたびれたぞ。もう少し早く喚《よ》んでくれ」

そんな声が聞こえた。

目を開ければ――そこには、巨大なシロクマがいた。

どう見ても、それは幼体の聖獣とは思えない。

（アスランやアウル並みに大きいわよね？　まあ、大きさがすべてではないんでしょうけれど）

この巨体が、どうやってあんな小さな召喚陣から現れたのだろう？

首を捻《ひね》るカレンに、シロクマの聖獣は大きな頭を近づけてくる。

「異世界より来たりし乙女よ。——我《わ》が名はカムイ。水と氷を司《つかさど》るシロクマの聖獣王だ」

大きな口を開いて、そう自己紹介してくれた。

カレンは、ポカンとしてしまう。

（また聖獣王なの？）

しかもシロクマの聖獣王カムイは、カレンが異世界から来たことを知っている。驚きで、カレンは口をぱくぱくと動かす。

「どうして、それを——」

「カムイ！　何故、お前がそれを知っている⁉」

カレンが疑問を言い終わらぬうちに、まだカレンを抱きしめていたアスランが、大声でカムイを問い詰める。

「私は、彼女に召喚されるのを待っていたのだ——」

シロクマの聖獣はあっさり理由を教えてくれた。

「——私は昨日、神のお告げを受け、彼女に召喚されるのを待っていた。異世界から来た彼女を守るためにな」

シロクマは聖獣の中で、もっとも神に近い存在なのだそうだ。神の言葉を聞き、その意思をほかの聖獣に伝える役目を負っているという。

ピンクの光——もといこの世界の神は、シロクマの聖獣王カムイに、カレンを守れと命じたそうだ。

カレンはびっくりする。案外ピンクの神は、世話好きのようだ。

（アフターケアも、ちゃんとするつもりだったのね）

ほんの少しだけ、神さまを見直したカレンだった。

「神は、人間界に落ちた彼女が最初に欲するのは水だろう、と予測された。人間は水なしには生きていけないからな。……だが、アスラン——お前が丁度彼女の視界を横切ったため、彼女はお前を召喚してしまった。それさえなければ、彼女の最初の召喚獣になるのは、私だっただろう。運悪くお前に先を越されたが、神より授《さず》かりし任である。お前だけに任せるつもりはない」

シロクマの聖獣王は、厳《おごそ》かにそう宣言した。

「幸いにして、お前たちのどちらも、まだ正式な契約を彼女と交わしてはいないようだしな」

続く言葉に、カレンは首を傾《かし》げた。

「正式な契約？」

カレンの疑問の声に、アスランが眉をひそめる。しかし彼は何も言わず、カムイが答えた。

「対価を示して行《おこな》った召喚でない場合、召喚した者とされた者が互いに納得した時は、正式な主従の契約を交わすものだ。そうしてはじめて、召喚主は召喚獣を自由に使えるようになる。互いの間には確固たる絆《きずな》が結ばれ、どちらかが死ぬまでこの関係は続く。……正式な契約を交わしていない今のあなたとアスランたちは、仮契約の状態にあるのだ」

カムイの言葉に、アウルはばつが悪そうに視線を逸《そ》らす。

アスランもまた、カレンの体から手を離して後ろへと下がった。

カレンは……ああ、なるほどと納得した。

カムイの話す正式な契約が、どちらかが死ぬまで続くものならば、そう簡単に契約できないのも当然だろう。

それもそうよねと頷《うなず》くカレンを、聖獣たちはおかしなものを見るような目で見てきた。

「……カレン、君は怒らないのかい？」

おそるおそるアウルが聞いてくる。

「怒る？　なんで？」

「だって、君は俺たちを召喚したんだ。当然、正式な契約を望むはずだろう。だけど君が契約について知らないみたいだから、俺は知らん顔をしたんだよ」

カレンの桁外《けたはず》れな召喚魔法で召喚された、アスランとアウル。

しかし、主人であるカレンはこの世界に落ちてきたばかりで、こちらの常識をほとんどわかっていない。当然、正式な契約のなんたるかも知らないので、これ幸いと、アスランもアウルもカレンにそのことを教えなかったのだろう。

「アスランは〝俺さま〟だし、アウルは〝自由人〟だもの。……二人とも契約で縛られるのなんか、嫌だったんでしょう？」

図星を指されたのか、アウルは少し赤くなる。

カレンは、安心させるようにフワリと微笑《ほほえ》んだ。

「別に怒っていないわ。正式な契約をしなくても、二人ともそばにいてくれたし。私を助けてくれたもの。それで十分よ。……ありがとう」

カレンは心からそう言った。

正式な契約をしていないのだから、アスランもアウルも、いつでもカレンを放り出していなくなることができたに違いない。そうせずに一緒にいてくれただけでもありがたい。

彼女に礼を言われたアスランとアウルは、驚きに目を見開いた。

「――あなたは、とても純真なのだな」

感じ入ったように、カムイが唸《うな》る。

「ますます気に入った。さすが、神が守れと命じるだけの人だ。……私は、あなたと正式な契約を交わそう」

シロクマの聖獣は、高らかに宣した。

「え？　そんな。ムリに契約しなくても――」

「いや。元々、私はあなたと契約し、あなたを一生守るつもりでいたのだ。決してムリをしているわけではない。神から、あなたの望みは〝大家族をつくること〟だと聞いた。家族がどんなものかは、神から教えられている。私をあなたの家族にしてほしい」

大きなシロクマが、カレンの顔を覗《のぞ》きこんでくる。

「……家族」

ポツリと呟《つぶや》くカレン。

アスランが、ピクリと体を揺らした。

カムイは、そのまま大きな頭を下げる。

「我《わ》が名はカムイ。水と氷を司《つかさど》るシロクマの聖獣王。――我《わ》が名、我《わ》が牙《きば》、我《わ》が爪にかけて、誓う。我《わ》が力、そなたのものとし、我《わ》が命、そなたの糧《かて》とせよ。我は、生涯《しょうがい》そなたのものだ」

それは、契約の誓いだった。

カムイが誓った途端、シロクマの体から光が放《はな》たれる。そしてそれはカレンに向かってきた。驚いた彼女が身動きできないでいるうちに、光は彼女の体にぶつかる。

――カレンの体は、白い光に包まれた。

「カレン！」

アスランが焦った声を出す。

「心配せずとも、彼女が私に名前を返してくれれば、契約は無事成立する」

カムイは落ち着いて答えた。

「きさま！　勝手なことを！」

「勝手ではない。私は彼女の望みを叶えようとしているだけだ。正式な契約を結べば、私と彼女の絆《きずな》は強く確かなものとなる。――カレン。さあ、名を返して、契約を成立させてくれ」

カムイがカレンを促《うなが》す。

アスランは、ギリリと唇を噛《か》んだ。

カレンは、まだ白い光に包まれたままだ。契約が成立、もしくは不成立とならない限り、光は消えないのだろう。

「さあ」と、もう一度カムイに促《うなが》されて、カレンは少し考える。

（確かに、家族は欲しいけれど……）

クルッと振り向くと、その先には、複雑な表情を浮かべるアスランがいる。

「え？」

いきなり背を向けられて、呆気《あっけ》にとられるカムイ。振り向かれたアスランも、驚いた顔をした。

「……カレン？」

「アスラン。私、カムイさんと契約してもいい？」

カレンは、アスランにそう聞いた。

「……あ？」

「私は最初に、アスランに家族が欲しいと言ったわ。だからアスランの同意なしに頷《うなず》くわけにはいかないでしょう？　私は、家族が増えるのは嬉しいけれど……アスランは、どう思う？」

昨日アスランに望みは何かと聞かれ、カレンは家族が欲しいと答えた。その望みを叶えると言われたわけではないが、きっぱり断られたわけでもない。

それなのに、こんな大事なことを、アスランに無断で決めるわけにはいかないだろう。

アスランもカムイもアウルも、何故かポカンとしている。

アスランは、首を傾《かし》げて口を開いた。

「……俺の、同意？」

「そうよ。アスランは、家族が増えるのはいや？」

カレンの質問に戸惑い、ためらうアスラン。

「……俺が、いやだと言ったら、契約をやめるのか？　そいつ――カムイは、水と氷の聖獣王だぞ」

アスランの問いに、カレンは不思議そうな顔をする。

「アスランは、炎の聖獣王で、アウルは風の聖獣王よね？」

「ああ」

「属性によって、何か私に影響があるもの？　あと、聖獣王と聖獣って、強さ以外に何が違うの？　私、聖獣のことは全然知らないから、わからないんだけれど」

この世界の常識がわからないカレンにとって、聖獣も聖獣王も謎だらけ。しかも、召喚したのは全員聖獣王で、普通の聖獣に会ったこともないのだ。

(私にとっては、普通の聖獣の方がレアよね)

正面切って聞かれた聖獣王たちは、そろって間抜《まぬ》けな顔をした。あまりにも基本的すぎる質問に、毒気《どくけ》を抜かれたのかもしれない。

クスッと笑って、カレンは言葉を続ける。

「私が欲しいのは、家族になってくれる存在なの。私、今まで一人暮らしだったから、大家族に憧れていて……聖獣王とかそういうことは、まったく関係ないわ。だから、そんなこと気にしないで。アスランが、いやかどうか教えて？」

カレンの言葉にアスランは、考えこむ。

「……大家族が、いいのか？」

「ええ。もしアスランが望みを叶えてくれるのなら、私は、アスランと一緒に大家族をつくりたい！」

カレンの「アスランと一緒に」という言葉を聞いて、アスランは下を向いた。

「俺とカレンで？」

「うん」とカレンは、頷《うなず》く。

「俺とは、正式な契約をしていないのに、か？」

「家族は対価を払ってなるものなのかと私に聞いたのは、アスランだわ。……家族って、正式な契約をしなきゃなれないものなの？」

聞き返されて、アスランは顔を上げた。困ったようにカレンを見つめ、やがて、大きく息を吐く。

「……わかった。だったらかまわない。俺とカレンの家族に、カムイを加えてやる。ただし――」

ものすごく偉そうにアスランは言った。そして言葉を区切ると、急に体を光らせる。

あっという間《ま》に、アスランは人型から獣体へと転じた。

翼を持つ堂々とした深紅の獅子《しし》が、カムイの隣に顕現《けんげん》する。

「俺もお前と契約する。お前の一番は、俺だ。俺よりもカレンに近しい存在など、許さない」

傲慢《ごうまん》に言ったアスランは、カレンの前に頭を下げる。

「我《わ》が名はアスラン。炎を司《つかさど》る獅子《しし》の聖獣王。――我《わ》が名、我《わ》が牙《きば》、我《わ》が爪にかけて、誓う。我《わ》が力、そなたのものとし、我《わ》が命、そなたの糧《かて》とせよ。我は、生涯《しょうがい》そなたのものだ」

アスランが誓った途端、獅子《しし》の体から赤い光が放《はな》たれ、カレンに向かってきた。

彼女の体にぶつかった光は、カムイの白い光と争うように、彼女の体を包む。

カムイは顔をしかめた。

それでも、シロクマの聖獣はカレンの前で頭を下げ続けている。

（えっと……これは、このまま二人に名を返せばいいのかしら？）

アスランの同意どころか、契約の誓いまで得たカレンは、二人と契約しようとする。

それに、アウルが待ったをかけた。

「俺も正式に契約するよ。カレンのことが気に入った。それに、こんな面白そうなことを見逃《みのが》せないからね」

彼はそう言うなり、極彩色《ごくさいしき》の鵬《おおとり》に姿を変える。

「我《わ》が名はアウル。風を司《つかさど》る鵬《おおとり》の聖獣王。我《わ》が名、我《わ》が嘴《くちばし》、我《わ》が爪にかけて、誓う。我《わ》が力、そなたのものとし、我《わ》が命、そなたの糧《かて》とせよ。我は、生涯《しょうがい》そなたのものだ」

アウルからも眩《まばゆ》いほどの青い光が放《はな》たれ、カレンを包む。

彼女の前には、巨大な獅子《しし》と鵬《おおとり》、シロクマが鎮座《ちんざ》していた。

「おい！　アウル！」

アスランが焦って怒鳴《どな》った。答えるアウルの声は楽しげである。

「カレンの料理を、アスランに独り占めされてたまるもんか」

「ほうっ？　なんだ、その料理とやらは？」

興味津々《きょうみしんしん》のカムイの声が響いた。

「くっ！　……お前ら、カレンの一番は俺だからな」

威嚇《いかく》しあいながらも、頭《こうべ》を垂れる三体の聖獣王。

カレンは――思わず笑ってしまった。

「わかったわ。アスラン、アウル、カムイ。……私の名は、カレン。あなたたちと契約するわ。どうか、私の家族になって。……そして、一緒に料理を食べましょう」

その言葉と同時に、彼女の体からも光が溢《あふ》れる。光は彼女と三体の聖獣を包みこみ、膨《ふく》れ上がる。そしてキラキラと輝いた。

「承知した」

厳《おごそ》かにカムイが頷《うなず》き、アウルが嬉しそうに翼を羽《は》ばたかせる。

「やったね！」

「契約は成《な》った。これでお前は、正式に俺の主《あるじ》だ。これから一生、お前の作る料理を食べさせろ」

俺さまアスランの言葉に、カレンは頬が熱くなる。

（だって、『一生料理を食べさせろ』だなんて、まるでプロポーズみたいだもの）

頬を押さえながらも、カレンはコクリと頷《うなず》いた。

「ええ。アスラン。約束したお弁当も絶対作ってあげる」

「ああ、楽しみだな」

この日、カレンに異世界で新しい三人の家族ができたのだった。


その後わかったのだが、新たな召喚獣カムイは、とんでもない大食漢《たいしょくかん》だった。

人型になった彼は、白銀の短髪に思慮深そうな黒い目をした、大柄のイケメンである。

水を操《あやつ》り、皿や調理器具をあっという間《ま》に洗ってくれたり、氷の魔法で食材を冷やしてくれたりするのは助かる。一方で困ったことに、カムイはアスランやアウルよりも食べた。

「この〝パンケーキ〟というのは、なんとも美味《びみ》だな。もっとないのか？」

異世界生活三日目。

カレンは朝から山ほどのパンケーキを焼いていた。

(昨日、あれから、お好み焼きをたくさん食べたのに)

正式な契約が終わった後に、カレンは汚れた食器やフライパンを洗ってほしいとカムイに頼んだ。

その際、皿に残ったソースに興味を示したカムイは、キレイに洗った後で、自分にも同じ料理を作ってほしいと頼んできた。

いくら聖獣が食事を必要としなくても、自分たちだけ食べて、カムイに何もなしでは悪い。そう思ったカレンは、再びお好み焼きを作ったのだが――

(まさか、あんなに食べるとは思わなかったわ。しかも、アスランやアウルまでまた食べるし)

お好み焼きはしばらく見たくなくて、一夜明けた朝、カレンはパンケーキを焼いた。

しかし、そのパンケーキも作ったそばからなくなっていく。

「カレン、俺もおかわり!」

「お前は、まだ食べているだろう。俺が先だ」

アウルとアスランにも催促されて、カレンは力なく首を横に振った。

「もっと作ってあげたいのは、やまやまなんだけど――」

人間の町で買ってきた山ほどの食材のほとんどが、もうなくなってしまったのだった。

いったいアウルがどれだけお金を持っているのかわからないが、このペースで食べていては、材料費が馬鹿にならない。念願のお弁当だって作れなくなってしまう。

(どれだけエンゲル係数が高いのよ)

どうしようかと考えながら、カレンはアスランたちに事態を説明した。

聖獣たちは、思いも寄らなかったみたいで、目を丸くする。

「――調理器具や食器は、とりあえず足りているんだよね？」

最後のパンケーキの一切れを名残《なごり》惜《お》しそうに咀嚼《そしゃく》しながら、アウルが確認してきた。

カレンは、コクリと頷《うなず》く。本当はお弁当の容器が欲しいところなのだが、今はまだ我慢だ。

「だったら、足りないのは食材だけだな？」

「食材とは、どんなものがいるのだ？」

アスランとカムイも質問してくる。

「えっと、私の世界の食材と同じものがすべて、この世界にあるかどうかはわからないけれど……まずは、主食。私の住んでいた国では、お米だった。小麦でもいいわ。それに、野菜と肉や魚、乳製品や海藻なんかも欲しいわよね」

毎日の食事は、栄養バランスのいいものを作りたい。聖獣に食事は不要でも、人間であるカレンは、それを考えないわけにはいかない。

「魚や海藻ならば、私がなんとかしよう。水中は私の支配下だ」

少し得意げにカムイが提案してくる。

「だったら肉は、俺とアスランの担当だよね。俺たちの手にかかれば、動物くらいあっという間《ま》に狩ることができるよ。……まあ、俺は食器や道具の金を出したし、すでに役立っているけれど」

そう言ったアウルが、ちらっとアスランを横目で見る。

「道具以上に、調理に必要なのは炎だろう。炎を司《つかさど》る俺が、一番カレンの役に立っている。まあ、肉も任せておけ。アウルの手など必要ない」

堂々と言い切るアスラン。

「冗談！　アスランだけに任せておけるもんか。俺だって風を司《つかさど》る鵬《おおとり》の聖獣王だ！　俺も狩りをする！」

狩猟本能がうずくようで、アスランとアウルは競うように肉の調達に名乗りを上げた。

「ああ。どんどん持ってこい。私がすべて冷凍して保存する」

カムイの言葉に、カレンは顔を引きつらせる。

「み、みんな。ほどほどにね？」

どうやら肉と魚、海藻などは自給自足ができそうだった。そうなれば、ほかに大きく不足しているのは穀物や野菜類だろう。

「どうにかして、手に入らないかしら？」

「簡単なことだ。大地と緑を司《つかさど》る狼の聖獣を召喚すればよい」

悩むカレンに、カムイは、事もなげにそう言った。

アスランの顔が、少し歪《ゆが》む。

アウルは、アスランよりも露骨《ろこつ》に顔をしかめて呟《つぶや》く。

「まあ、そうだけど。……狼は、頭の硬い奴らばかりだからな。あんまり俺とは気が合わないんだよね」

「お前のようなチャランポランな奴と気が合う聖獣の方が珍しいだろう。そんな奴を探していては、野菜も穀物も一生手に入らんぞ」

断言したカムイは、空《から》の皿を名残惜《なごりお》しそうに見つめながら立ち上がった。

「我らと共に主《あるじ》に仕《つか》えるのならば、召喚するのは、狼の聖獣王がいいだろうな」

「狼の聖獣王？」

カレンは首を傾《かし》げる。

「そうだ。ほかの奴らでは、我らの姿を見ただけで、尻尾《しっぽ》を巻いて逃げ出してしまいかねない」

そう話しながらカムイは、カレンに召喚陣の描き方を教えてくれる。

「アスラン、手伝え」

「俺に、指示するな」

カムイの指示にチッと舌打ちしたものの、アスランはカレンが召喚陣を描くのを手伝ってくれた。

「……アスランも狼の聖獣王さんが、苦手なの？」

棒切れで召喚陣を描きつつ、カレンはアスランに話しかける。

「あいつはクソ真面目だからな。カムイはあれでも柔軟な面があるが、ウォルフは、一切妥協しようとしない」

狼の聖獣王の名前はウォルフと言うらしかった。とても真面目な聖獣なら、アスランやアウルと気が合わないのは仕方ないかもしれない。

どんな聖獣なのかと、カレンは想像する。

（獣体は狼なんだろうけど……きっとまた人型になればイケメンなのよね）

眩《まぶ》しいほど格好いいアスランたちを横目に見ながら、カレンはそっとため息をつく。

カレンとて女の子。イケメンが嫌いなわけではないが、十人並みの自分が彼らと家族になるのかと思えば、ちょっと気後《きおく》れした。

そんな話をしているうちに、召喚陣を描き終える。カレンは今度は一人で召喚陣の前に立ち、教えられた呪文を唱えはじめた。

「我《わ》が呼びかけに応《こた》えよ。大地に満ちる命の力。――我《わ》がもとに来たりて、力を貸したまえ。――出《い》でよ！　ウォルフ！　大地と緑を司《つかさど》る狼の聖獣王！」

途端、カレンの両手が熱くなる。

召喚陣からカッ！　と、光が溢《あふ》れ出る。

ドォオン！　ドォオン！　という派手な地響きが聞こえ、同時に、大地がグラグラと揺れた。

召喚陣から爆風が吹きあがる。

「俺を喚《よ》んだのは、誰だ？」

爆風がおさまった時、そこには巨大な黒い狼の姿があった。

「――俺に、この人間と正式な契約を交わし、家族というものになれと？」

黒い狼から黒髪黒目のイケメンになったウォルフが、眉をひそめて問いかけてくる。

「えっと、……あの、その、ムリにっていうわけでは、ないですけれど。とりあえず、野菜と穀物が手に入れられれば、それで――」

不機嫌そうな黒髪の青年に、カレンは、ちょっとビビる。

「その通りだ。お前はカレンの言う食材を揃《そろ》えて、とっとと聖獣界に戻れ」

俺さまアスランは、シッシとウォルフを追い払う仕草をした。

カムイは仁王立《におうだ》ちで怒鳴《どな》る。

「バカを言え！　神は、カレンに一人でも多くの家族を、とおっしゃられたのだ。神のご意向を、お前たちはなんと心得る！」

「そんなこと言っても、家族ってやつは、嫌がっている奴に無理強《むりじ》いしてなるようなものじゃないだろう？　大丈夫だよ。俺が二人分でも三人分でも家族になるから」

ニッコリ笑うアウル。一見《いっけん》優しく聞こえるセリフだが、アウルがアスラン同様ウォルフを苦手にしていると知っているカレンには、方便にしか聞こえない。

「神が――」

アスランやアウルは無視して、ウォルフはカムイの言葉に反応する。そしてしばし考えこんだ。

「あ、あの！　本当に、それはいいので。その、野菜や穀物をなんとか手に入れてもらえますか？」

カレンにとって、今はそれが何よりの心配事だ。

感情をうかがわせない目で、ウォルフはカレンをジッと見る。

「あの――」

カレンは、居心地悪さにもじもじした。

そんな彼女を庇《かば》ってアスランが前に出る。

獅子《しし》の聖獣と狼の聖獣はしばし睨《にら》み合い……やがて、ウォルフは小さくため息をついた。

「わかった。人間が食料にしている植物を適当に生《は》やすから、必要なものを選んでくれ」

そう言うと、ウォルフは地面に左の膝をつく。次《つ》いで、右の手のひらを大地に押しつけた。

何をするのかと興味津々《きょうみしんしん》に見守るカレンの目の前で、ウォルフの体から緑の光が溢《あふ》れ出る。

「え？」

光は、水が染みこむように大地に吸いこまれていった。

次の瞬間、カレンたちの周囲の地面に、バッ！　と様々な植物が生《は》える。しかも芽吹くというレベルではなく、完全に実がついたものばかりだ。

「ええっ！」

カレンは目を丸くする。

黄色い菜の花に真っ赤なイチゴ。キャベツやレタス、かぼちゃにピーマン。少し遠くには、稲と小麦が黄金の頭《こうべ》を垂らしている。そのまた向こうに、果実のなった高い木があった。

滅茶苦茶《めちゃくちゃ》な、絶対ありえない光景が、目の前に広がる。

「これで、足りるか？」

なんでもないことのように、ウォルフが聞いてきた。

「……スゴイ」

カレンは、感動に打ち震える。

「スゴイ！　スゴイです！　ウォルフさん！　こんなに立派なお野菜とか、私、はじめて見ました！　これなら、どんな料理もできそうです！」

ぴょんぴょん飛び跳ねそうな勢いで喜ぶカレン。

「料理？」

「はい！　あ、ウォルフさんもぜひ食べていってください。今日はご馳走しますね」

カレンの言葉を聞いたアスランは、忌々《いまいま》しそうにチッと舌打ちをした。

その後、カレンはウォルフに手伝ってもらいながら、野菜や穀物を収穫する。すぐに使わないものは、カムイが低温保存してくれた。

その間、アスランとアウルが鳥を獲ってきて、下処理をしてくれる。

カレンは鳥の中に野菜をたっぷり詰めて、ローストチキンを作ることにした。

豪華で難しそうに見えるが、ローストチキンは実は簡単な料理だ。一人暮らしだったカレンは滅多《めった》に作らなかったものの、今日は大勢で食べられることにワクワクが止まらない。

浜辺で拾ってきてもらった金属の長い棒にチキンを串刺しにして、即席のたき火を作った。

仕込みを終えたチキンをみんなで囲み、アスランに焼いてもらう。

「アスラン、もう少し焦《こ》げ目をつけて。うんうん、その調子」

カレンの指示で、チキンをじっくり焼き上げていく。

皮はパリパリ、中はジューシーなローストチキンができ上がる。

「できた！　さあ、たくさん召し上がれ」

焼き上がる前から、香ばしい匂いによだれを垂らさんばかりにしていた聖獣たちだ。

カレンの言葉が終わらぬうちに、皿に載ったチキンを食べはじめた。

「――美味《うま》い！」

一口かじったウォルフが、唸《うな》るように叫ぶ。

「だろ？　だろ？　カレンの料理は、ホント、最高なんだ！」

口の中を鳥肉でいっぱいにして、アウルは幸せそうに笑った。

「今回お前に食べさせてやるのは、特別だからな。調子に乗るんじゃないぞ」

鳥の骨を振りかざしながら、アスランはウォルフに釘をさす。

モグモグモグと、カムイはひたすらに食べていた。

彼らの相変わらずの食べっぷりに、カレンは思わず笑ってしまう。

カレンが焼いたローストチキンは、一人一羽ずつで、全部で五羽だ。聖獣たちは、あっという間《ま》に一人で丸ごと一羽を食べ終える。物足りなそうな彼らに、カレンは自分のチキンを切り分けた。

（私は、一羽なんてとても食べきれないもの）

予想通りの成り行きに、満足したカレンなのだが——

「食事を与えてもらったからには、俺もお前と正式に契約しよう」

生真面目なウォルフが、そう言ってくる。そんなことは、まったくもって予想していなかった。

「いや、そんな。野菜を生《は》やしてもらったんだし、気にしなくても——」

「俺は、気にする」

あくまで真面目に言い張るウォルフ。

「え～⁉　絶対、違うよね」

アウルが口を尖《とが》らす。

「体《てい》のいい口実を使うな！　単にカレンの料理がこれからも食いたいだけだろう」

そう叫んだアスランの眉間には、またまた深いしわが寄る。

「当然だ。それが神のご意思だからな」

満足げに、カムイは頷《うなず》いた。

三体の聖獣がそれぞれ反応を示す中で――

「我《わ》が名はウォルフ。大地と緑を司《つかさど》る狼の聖獣王だ。――我《わ》が名、我《わ》が牙《きば》、我《わ》が爪にかけて誓う。我《わ》が力、そなたのものとし、我《わ》が命、そなたの糧《かて》とせよ。我は、生涯《しょうがい》そなたのものだ」

カレンに、異世界で四人目の家族ができたのだった。

それから一週間後。

カレンは再び人間の町に来ていた。食材を自力で調達できるようになり、異世界での調理にも幅が出ていた。そこで、念願のお弁当箱を買おうと思ったのである。

カレンは今回も、アスランにお姫様抱っこをされて運ばれた。カムイとウォルフの驚愕《きょうがく》の視線に、照れてしまったカレンだ。

以前買い物をした店を訪ねると、女主人は目を丸くしてカレンたちを出迎えてくれた。

「……派手な兄さんたちが、増殖している」

そんな『細胞分裂した』みたいなことを言わないでほしい。

(だから、ついてくるのはアウルだけでいいって、言ったのに!)

人間の町へ行くのに、そんなに大勢でぞろぞろ行く必要はない。お金を持っているアウルがいれば、十分なのである。なのに、全員ついていくと言い張ったのだ。

結果、みんなで来たのだが、一人でさえ目立つイケメンが四人も揃《そろ》っていて、人目を引かないはずがない。

「お久しぶりです」

ここに来るまで注目されまくったカレンは、疲れた声で女主人に挨拶《あいさつ》した。

「あ、ああ。いらっしゃい。今日は何を買いに来たんだい?」

興味津々《きょうみしんしん》でアスランたちに目を向ける女主人だが、それでもさすが商人。それ以上は何も言わずに、カレンの用向きを聞いてくる。

「お弁当箱が、欲しいんですけれど」

しかし、カレンの問いかけに返ってきた言葉は、意外なものだった。

「オベントウバコ？　なんだいそれは？」

まるで見当もつかない様子で首を傾《かし》げる女主人。

「……え？」

話を聞いてみれば——なんと、この世界にはお弁当がないらしい。

（そんな……）

驚いたカレンは、言葉も出ない。

この世界の食事は一日二食、朝晩だけなのだそうだ。

（そういえば、地球でも一日三食になったのは、そんなに昔のことではなかったような？）

夜間に十分な明かりがなく労働時間が短かった時代には、一日二食で十分だったのだと、どこかで聞いた気がする。

ここは地球みたいな球体ではなく、平らな円盤が四層に重なった世界。驚いたことに、空に一緒に浮かぶ太陽と月が交互に輝くことで昼夜が区別されていた。昼夜の長さは一年中変わらず、ちょっと昼が長いくらいである。

月が輝きを失い太陽が輝くと同時に、人々は起床。朝食を食べ、その後、仕事をはじめる。そして、まだ太陽が輝いているうちに仕事を終えて、月の輝く前に夕食を済ませるのである。

この世界の照明はろうそくやランプが中心で、それもランプを使えるのは富裕層ばかり。一般の人々は夜間は、ほとんど家から出ないそうだ。仕事をしている時間はおおよそ六、七時間くらいだという。それくらいであれば、人間は昼食なしでも働ける。

（家にいる時間が長い分、休息は、ばっちりとれるだろうし）

思ってもみなかった事態に、カレンは呆然とする。どうしようかと考えたが、ない物を買えるはずもない。結局カレンはすごすごと店を出ることになった。

通りを出て周囲を見回せば、開いている飲食店がまったく見当たらないことに、今更ながら気づく。

今は丁度昼時。昼食を食べないから、この時間帯は店を閉めているのだろう。

「カレン、どうした？」

心配そうにアスランがたずねてきた。

「気に入ったものがなかったのかい？」

アウルも首を傾《かし》げながら聞いてくる。

力なくカレンは頷《うなず》いた。

「ほかの町に、行ってみるか？」

そう提案したのはウォルフだ。

今度は、カレンは小さく首を横に振る。そもそもこの世界にお弁当という概念がないのなら、どこに行ったとしても、お弁当箱があるとは思えない。

「フム。いったいどんなものが必要なのかはわからんが……主《あるじ》よ、それは、我らの力ではどうすることもできないものなのか？」

後ろを歩くカムイが、たずねてきた。

（……どうにかする？）

カレンは考えこんだ。

日本のお弁当箱の材質の多くは、プラスチックの一種だった。町の様子や雑貨を見る限り、この世界はあまり文明が進んでいるとは思えない。プラスチックはないだろう。

（でも日本には、自然素材のお弁当箱もあったわよね）

竹かごやわっぱと呼ばれる、スギやヒノキを曲げて加工したお弁当箱もあったはずだ。

「……ウォルフ、緑を司《つかさど》るあなたの力で、木の加工をすることはできる？」

カレンの突然の質問に、彼は軽く片眉を上げてみせる。そして頷《うなず》いた。

「大地と緑が生んだものであれば、俺の意思に従わぬものはない」

その答えに、カレンの心は浮上する。幸いなことにカレンは手先が器用で、工作も得意だった。

ウォルフに力を貸してもらえば、お弁当箱を作れるかもしれない。

「私、お弁当箱を作るわ！　みんな協力して！」

高らかに宣言するカレン。

元気を取り戻したその姿に、四人の聖獣王は、嬉しそうに笑った。


それから、お弁当箱の試作を重ねつつ、聖獣たちに食事を作る日々がはじまった。

カレンが異世界に落ちてから、すでに四十日——一ヵ月が過ぎていた。

「カレン、今日の食事はなんだ？」

毎日のお決まりになった質問を、アスランがしてくる。

「今日は、カムイがエビをたくさん獲ってくれたから、半分はそのまま塩焼きにするつもりよ。残りの半分はすり身にして、薄く切った長イモで挟んで焼こうと思うの」

下処理をしたエビを包丁で細かく刻みながら、カレンは答える。この後、すりこぎですり潰して裏ごしすれば、エビのすり身のでき上がりだ。

本当はエビフライにしたいのだが、この世界にはパン粉がない。パンはあるものの、硬いカチカチのパンしかなくて、パン粉が作れないのだ。

いずれ、絶対白いふわふわのパンを作ろうと、カレンは決意している。

（エビフライとか、絶対、アスラン好きよね）

今からエビフライを作る日が楽しみなカレンだった。

一方のアスランは、何故か不機嫌そうに頬を膨《ふく》らませる。

「俺の獲ってきた鶏肉は使わないのか？」

「だって、昨日もお肉料理だったでしょう？　今日は魚介がいいかと思って」

「昨日食べた肉は、アウルが獲ってきた鹿肉だっただろう？　カレンは、最近、俺の集めた食材を使ってくれない」

そんなことはまったくない。メインディッシュ以外に使ったり、冷凍して後日使ったりしている。

「ウォルフの野菜は、毎食使うのに」

野菜がつかない食事なんて、カレンは考えられない。栄養バランス的に野菜は必須である。

アスランは拗《す》ねたように横を向いて口を尖《とが》らせる。駄々《だだ》っ子みたいな態度に、カレンはため息をついた。

（誤算だったわ。……まさか、アスランたちがこんなにやきもち焼きで、仲が悪いだなんて）

聖獣たちは全員、自分の調達した食材を使うことをカレンに求め、ほかの聖獣と張り合うのだ。あまりの協調性のなさに、カレンはあきれるしかない。

(そういえば、アスランが聖獣は〝一人〟だって言っていたものね)

たわいもない雑談を繰り返すことで、カレンに対してだけはフレンドリーになってきた彼ら。しかし聖獣同士は、必要なこと以外会話さえしないという無関心ぶりだ。

(言い争いだけは、するんだけど)

家族になってほしいと彼らに頼んだカレン。しかし、彼らは家族というものをまったく理解していなかった。

それでも、食事はみんな揃《そろ》って食べるというルールを決めた。今日もそれだけはなんとか守られているのだが――

「ほら、カレン。俺の獲った肉で作ったこれ、美味《うま》いぞ」

カレンの右隣にピッタリくっついて離れないアスランが、彼女の前に料理を差し出してくる。彼の意見を聞き、カレンが急遽《きゅうきょ》作った鶏のひき肉と長イモの挟み焼きだ。

「それも美味《うま》いけど、こっちの赤い実の方がだんぜん可愛くて、美味《おい》しそうだよね？この木の実は、食べるとなんだか元気になれるんだよ。……ほら、カレン、口を開けて俺の採った実を食べて」

左隣に陣取ったアウルはアスランの手を押し退《の》け、自分が採った赤くて小さな実を差し出してきた。

「え？　これって、コーヒーの実じゃない？」

コーヒーにそっくりな木の実に、カレンは驚く。そういえば、コーヒーの実はカフェインを含んでいて、そもそもは薬効のある木の実として食べられていたのだと聞いたことがある。

「スゴイ！　この世界にもコーヒーがあるのね？」

「コーヒー？　そんなものは知らないけれど、喜んでくれるなら嬉しいな。さあ、口を開けて」

アウルに「あ〜ん」と言われ、口元に赤い実を突きつけられる。カレンは顔を派手に引きつらせた。

「アウル！　きさま、カレンに食べさせるのは俺だ！」

「そんなの決まっていないだろう。カレンの興味を引いたものの方が優先だ」

カレンを挟んで、威嚇《いかく》しあう二人。

「きさまら、求愛給餌《きゅうあいきゅうじ》は、別の場所でやれ」

あきれ切った冷たい声で、向かいに座るウォルフが言ってきた。

求愛給餌《きゅうあいきゅうじ》とは、生物が意中の相手にエサを与えて気を引こうとする行動のことだ。特に鳥類に多く見られる。

（確かに、アウルは鳥だし、アスランにも翼があるけれど！）

心の中で異議を唱えるカレンに、ウォルフはとにかく食事をするようにと促《うなが》す。

「さっさと食べ終えて、今日の分の勉強をするぞ」

カレンの描いた召喚陣の出来ばえに愕然《がくぜん》としたウォルフは、最近カレンに召喚魔法を教えてくれている。

生真面目な聖獣は、カレンが食べはじめたのを確認してから、ようやく自分の食事に口をつけた。いわく——

「主《あるじ》が食べはじめていないのに、俺が食べるわけにはいかない」

狼の上下関係は厳しいという。群れの個体には必ず順位がついていて、厳格に守られる。

カレンと正式に契約した後のウォルフは、ずっとこんな調子だった。

ウォルフは、今まで一匹狼と呼ばれる群れを作らない狼だったが、カレンと契約したことで、彼女を第一位とした群れを形成したつもりでいるらしい。もちろん、第二位は自分である。アスランたちの順位を無視した行動に腹を立てているが、主《あるじ》であるカレンが認めているため、我慢しているようだ。……いや、ひょっとしたら、自分とカレン以外は群れではないと判断しているのかもしれない。

そんな調子のウォルフにも、カレンは頭を抱えていた。

そして、そんなカレンたちに目もくれず、ひたすら食べ続けるカムイ。山のようにあった料理は、みるみる彼の口の中に消えていく。

カムイの食欲は、想像以上だった。しかも、自分が気に入った食べ物に対する執着が半端ない。

普段の落ち着いた、お父さん然とした姿が信じられないような豹変《ひょうへん》ぶりだ。

「カムイ、ウォルフの分も残してあげてね」

食べはじめが遅いウォルフは、まだみんなの半分も食べていない。

カレンのお願いに、カムイはあからさまに顔をしかめた。そしてしぶしぶと、目の前の料理の山から、ほんの一部を取り分ける。しかしそれは、カムイがあまり好きではない料理ばかりである。

「そっちの――」

ほかの料理も残してほしいとカレンがお願いしようとした途端、彼はそれを口の中に放りこんだ。モグモグモグモグと咀嚼《そしゃく》して、呑み下す。

子供みたいな行動に、カレンはあきれ果てた。

相変わらず、カレンを挟んでケンカをするアスランとアウル。

冷たい目をして彼らを見るウォルフ。

無心で食べ続けるカムイ。

頭痛をこらえて、カレンは頭を抱える。

(なんとかしなくっちゃ)

カレンは、そう思った。


「は？　カレン、もう一度言ってくれ」

その翌日、カレンはついに宣言する。

「この島を出て、人間の町に行くわ」

彼女の言葉に、アスランはポカンとした。

「へぇ。いいね。いつまでもこんな何にもないところにいるのも、退屈だったんだ。俺は賛成」

アウルは、楽しそうに目をキラキラ輝かせる。

「そうだな。召喚魔法もだいぶ上達したし、問題ないだろう」

あくまで真面目に、ウォルフは判断する。

「私は、反対だ。人間の町となれば、我らは簡単に獣体に戻ることができなくなる。主《あるじ》を危険にさらすわけにはいかない。それに――」

カムイは何かを言いかけ、口を閉じる。カレンは首を横に振った。

「それに？」

「いや、何にしろ反対だ」

理由を説明することなく、カムイは難色を示す。

カムイの態度に、ウォルフは苛立《いらだ》った。

「何を言っているんだ。たとえ獣体にならずとも、我らが人間風情《ふぜい》に後《おく》れをとるはずもないだろう」

挑発するようにアウルは笑う。

「そうそう。いざとなれば、人間なんて町ごと吹っ飛ばせばいいだけさ。自信がないなら、カムイは来なくてもかまわないよ」

「バカを言うな！　私が主《あるじ》のそばを離れるはずがない」

憤《いきどお》るカムイ。

「だったら決まりだね。カレン、いつ出発するの？」

アウルに言い負かされ、カムイは「むう」と唸《うな》った。

町を吹っ飛ばすというアウルの発言はちょっと問題だが、三人から賛成を得られて、カレンはホッとする。すぐにでも、と返事をしようとした時――

「俺は、反対だ」

アスランが、静かに声を出した。

「アスラン？」

「人間の町になんて、行く必要はない。もしもカレンが何か欲しいものがあるなら、俺が全部与えてやる。だから、このままここで暮らす」

彼の言葉は、カレンの意向を完全に拒否するものだった。

「アスラン……」

思いもよらぬ強い拒絶に、カレンは戸惑う。

「人間の作る何が欲しい？　服か？　宝石か？　それとも家具か？　なんでもやるから、望みを言え」

傲慢《ごうまん》なことを言いながらも、アスランは焦ったような表情だ。様子がおかしい。

違和感を覚えつつ、カレンは首を横に振った。

「アスラン、違うわ。私、別に何か物が欲しくて町に行きたいわけじゃないの。私が欲しいのは、ずっと家族だけよ。でもこのままじゃ、私たちは本当の家族になれないと思うの。だから、人の多くいる場所に行って――」

「そこで人間の家族をつくって、俺たちを――俺を、捨てるのか？」

カレンの言葉を遮《さえぎ》るアスラン。

彼女は目を丸くする。

「え？」

「やっぱり、人間は人間同士……カレンは、俺たちより人間の方がいいんだな」

「え？　アスラン、違っ――」

「違わない。人間の町に住むということは、そういうことだ。……勝手にしろ」

言い捨てると、アスランは皿を置いて立ち上がる。そしてクルリと背を向け、その場から離れていった。

「まっ！　待って、違うわ。そんなつもりじゃ――」

カレンは、呆然と彼の後ろ姿を見つめる。

どうして、こんなことになったのだろう？

戸惑いながら周囲を見ると、そこにはあきれたような顔をした聖獣三人がいた。

「放っておけば。……って言いたいところだけど、そんなことをしたら、あの〝俺さま〟はますます扱いにくくなるんだろうな。……追いかけてあげれば？」

ため息をつきながら、アウルはそう言った。

続いてウォルフが頷《うなず》く。

「まったくだ。追いかけてきてほしいのが、見え見えだからな」

「え？」

「本当に怒って去ったのなら、獣体に戻って飛んでいく」

冷静な分析だ。言われてみれば、その通りである。

カムイは肩をすくめた。

「あんな奴でも、アスランは我らの中で一番戦闘能力が高い。主《あるじ》の守りから欠けさせるわけにはいかない。……それに、主《あるじ》は我らを捨てるつもりなどないのだろう」

カレンを見るカムイの目には、一片の迷いもなかった。

「もちろん」と、カレンは大きく頷《うなず》く。

カムイは、満足そうに笑った。

「我らは主《あるじ》を信じている。アスランとて、心のうちではわかっているのだ。……ただ、奴は自分が主《あるじ》の一番だという思いが強すぎるからな」

その言葉に、アウルとウォルフが続く。

「そうそう。たぶんアスランは、俺らに話す前に、自分に相談してほしかったんじゃないのか？」

「……愚《おろ》かとしか思えん」

三人は、これでもアスランを庇《かば》っているのだろう。

カレンは、なんだか嬉しくなる。

「私も、わかっています。……アスランの気持ちも、みんなの気持ちも」

「いいから、さっさと行ってやれ」

ぶっきらぼうに言って、アスランが去った方向を示すウォルフ。彼の頬は少し赤くなっている。きっと照れているのだろう。

「はい！」

カレンは笑いながら、アスランの後を追って駆け出した。

どこに行けばいいのかと迷ったカレンだが、気づけば彼女の足は、最初にアスランと出会った大樹がある方に向かっていた。

そして大きく枝を広げる大樹の下に、目立つ赤髪を見つける。

カレンは迷わず大樹に走り寄った。

「……カレン」

大樹に手をつき項垂《うなだ》れていたアスランが、カレンの足音に気づき、振り返る。

「本当に、違うの、アスラン。みんなを捨てるつもりなんて、少しもない」

もう逃げ出す様子のないアスランにホッとしながら、カレンは語りかける。

「私、アスランたちに家族になってほしいって願ったでしょ。でも、私自身一人っ子で、両親を早くに亡くしていて、その後はずっとおじいちゃんと二人だったから……家族って、どんな風になったらいいのか、よくわからなくて。だから人の多い町に行って、ほかの家族を見てみようと思ったの。決して、アスランたちと離れようと思ったわけじゃないわ」

「……知っている」

ポツリとアスランは呟《つぶや》いた。

「私、アスランやほかのみんなが、好きよ。ずっと一緒にいたいって思っている」

「……知っている」

「心の底から、本当の家族になりたいって思っている」

「それも知っている。……でも」

カレンに歩み寄るアスラン。そのまま手を伸ばされ、カレンは彼に抱きしめられた。

「でも、人間に会ったら、カレンと同じ種族の人間に会ったら……カレンはそっちの奴らの方が好きになるかもしれないだろう。そうしたら俺は、カレン——お前を失うかもしれない。……俺はそれが、怖い」

痛いくらい抱きしめられ、聞き取れないほど低く小さな声で囁《ささや》かれた。

体が一気に熱くなり、心臓がバクバク音を立てはじめる。

(だって……これって、こ、こ、恋の、告白っ！　……みたいな？)

最後に疑問形がつくのは、カレンの恋愛経験が少ないせいだ。なにせカレンは、今まで男性と付き合ったことがない。憧れた人はいたことがあるけれど、その先に進んだことなど一回もないカレンだった。

もちろん、彼女だってわかっている。アスランは聖獣だ。本来の姿は翼のついた赤い獅子《しし》で、とんでもない力を持つ。

でも、今の彼は人間の――しかも、超イケメンの姿。その上カレンを抱きしめ、失いたくないと言ってくれている。

これで、平常心を保てる女子がいたら会ってみたい！　と、カレンは強く思う。

「ア、……アスラン」

いやいや、落ち着け、とカレンは自分自身に言い聞かせる。自分とアスランは正式な契約を交わした召喚主と召喚獣で、だからこんな風になっているだけなのだ、と思おうとする。

（と、とにかく、落ち着いて。離れたりしないって、わかってもらわなきゃ。それに――）

あたふたしながらも両手を伸ばして、カレンはアスランを抱き返した。そのまま背の高い彼の胸に自分の顔を押し当てる。

（きっと顔が真っ赤になってる。絶対に見られたくない！）

「ずっと一緒にいるわ。絶対、離れたりしない！」

くぐもった声で、そう言った。

「本当に？」

「本当よ」

思いをこめて、カレンは抱きしめる腕に力を入れる。

「カレン……お前の顔を見て、今の言葉を聞きたい」

（ひ、ひぇぇ～っ！）

「絶対、ダメ！」

断ったのに、アスランはカレンの肩に手をかけ、彼女の体を強引に引き離した。そのまま顔を覗《のぞ》きこもうとしてくる。なんたる俺さまなのだろう。

「ダメ、ダメ、絶対ダメ！」

こんな顔を見られてたまるものか、とカレンはアスランに抱きつこうとする。

アスランは、ひどく上機嫌そうにゴロゴロと喉《のど》を鳴らした。

空には太陽と真昼の白い満月。とある孤島の大樹の下で、異世界から来た人間の娘と聖獣のじゃれつくような攻防が続く。

――神々の住む天界では、ため息をつくみたいに、ピンクの光がポフッと瞬《またた》いた。

第三章「王都と新たな決意」

カレンが人間の町で暮らすと宣言した日から、三ヵ月後――

「はぁ～。この手段も今回限りね」

手に持った布袋の中で、コインがチャリンと音を立てる。その重みを感じながら、カレンは大きくため息をついた。

「失礼なおやじだったな。『いくらキレイでもそうそう売れない』だなんて」

カレンの隣を歩きながらプリプリと怒っているのは、鵬《おおとり》の聖獣王アウルだ。現在人型をとる彼は、歩くたびに派手な虹色の髪を揺らしている。その美しさに、周囲を行き交う人々が感嘆のため息を漏《も》らした。

ここは、人間界の中央大陸にある四つの国の一つ、ヌーガル王国の王都ヨーザン。

カレンが落ちた無人島から、東に一昼夜飛んだ位置にあるこの町で、彼女たちは暮らしていた。

もちろん、アウルだけではなく、アスランやほかのみんなも一緒だ。

白いレンガ造りの壁と赤い屋根の建物が多く立ち並ぶ、華やかな王都の通りを歩きつつ、カレンは肩を落とす。

彼女たちは今、苦境に立っていた。

(どこの世界でも、先立つものはお金なのよね)

貨幣の種類が変わっても、こればかりは変わらない。

今、カレンが持つ、ズシッと重い布袋の中のコイン。それは、カレンたちの全財産だった。

この国の貨幣単価はメリルで、一メリルは日本の一円に相当する。

布袋に入っているのは、一万メリルの銀貨が七枚と千メリルの白銅貨が五枚。後は一メリル、十メリル、百メリルといった少額の貨幣ばかり。十万メリルの金貨は、一枚もない。

多いようにも思えるが、王都で一軒家を借りて、家族五人で暮らしているのだ。経費を考えれば、持ってせいぜい一月《ひとつき》。使いようによっては半月持つか持たぬかの金額だ。

要するに、カレンたちは生活に困窮《こんきゅう》しているのである。

(だって、まさか考えてもみなかったのよ。……召喚獣がこんなに〝使えない〟存在だったなんて)

カレンは、心の内でため息をつく。

──本当に、まさかの誤算だった。聖獣とはいえ、人型をとったアスランたちは全員立派な大人。労働力として申し分ない。異世界の見知らぬ町で暮らすことに不安はあったが、みんなで協力すればなんとかなるだろうとカレンは思っていた。

なのに──


「カレンのそばを離れたくない」

「人間の下で働くなんて、ごめんだ」

「労働なんて、絶対にいやだね。間違いなくキレて暴れ出す自信がある」

「主《あるじ》以外に、仕《つか》える気はない」

王都に着いて、仕事を見つけようと提案したカレンに返ってきた言葉が、これだった。

ちなみに、アスラン、ウォルフ、アウル、カムイの順のセリフである。

理由は違えど、働きたくないという意志だけは全員共通していた。

しかも、彼らは自分たちの主《あるじ》であるカレンにも、働くなと言うのである。

「そんな！　どうするのよ？　人間の町で暮らすには、お金がいるのよ」

この世界でお金を得る手段は二つ。労働か、国に貢献して王から褒賞を受け取るかだ。

後者は、主に戦時中に取れる手段だという。

強大な力を持つ聖獣。戦《いくさ》となれば、あっという間《ま》に敵を殲滅《せんめつ》し、あたり一帯を焦土《しょうど》にするほどの力を持つ。――しかし、彼らの力は強すぎる。戦時には重宝されても、平時には不要だった。

人間世界の四国の国力は、現在ほぼ拮抗していてバランスがとれている。少しの揉《も》め事が起こることはあっても、本格的な争いには発展しない。そんな状態がずいぶん長く続いているのだ。

ヌーガル王国はここ数十年、戦争とは無縁の平和を享受していた。

当然、聖獣の力など、お呼びでない。

(これまた失礼しました……って、帰るわけにもいかないし)

そういうわけで、カレンは追いこまれていた。

それでも、この三ヵ月間なんとかなってきたのは、アウルのおかげだ。

まず、以前言っていた遭難者を海で助けた時のお礼のお金が、まだ少し残っていた。

そして何より、聖獣姿のアウルのキレイな羽が、高い値段で売れたのである。

この町の両替商は、珍しいものを扱う商《あきな》いもしていると教えてもらい、カレンは覗《のぞ》きに行ってみた。すると、骨董品《こっとうひん》やきらびやかな織物、動物の毛皮なんかが、ずらっと並んでいたのだ。そこでためしに、アウルの羽を見てもらうことにした。

最初、アウルと一緒に羽を持ちこんだ時、両替商の主人は大喜びでお金を払ってくれた。それはカレンが申し訳なくなるくらいの金額だった。

「お嬢さん！　これは間違いなく、幻の鵬《おおとり》の羽だよ。こんなスゴイもの、いったいどこで見つけたんだい？」

まさか、『隣に立つ青年は聖獣で、彼が羽《は》づくろいをした時に落ちたものです』とも言えない。曖昧《あいまい》に笑ってごまかすカレンに、世慣れた両替商はそれ以上詳しく聞かなかった。あまりしつこく聞いて、上客に逃げられたらたいへん、とでも思ったのかもしれない。

大興奮の両替商をなだめつつ、金を手にしたカレンだったのだが……二度三度と羽を持ちこむうちに、両替商はだんだん買い取りを渋るようになってきた。

あまりに羽が高価すぎて、彼のもとでは買い手がつかないのだそうだ。

「希少価値ってものもあるんだよ。こんな頻繁に持ってこられてもね」

当初の興奮はどこへやら、両替商に冷たくそう告げられた。

（もう当分、羽は売れないわよね）

ということは、ほかにお金を得る手段を見つけなければ、手元のお金を使い切った途端、カレンたちは路頭に迷ってしまうということだ。

本当にどうしよう？　と、カレンは悩む。

なす術《すべ》もないまま、時間は無情に過ぎていくのであった。

翌日、カレンは王都ヨーザンの外門を訪れていた。

ついつい出てしまうカレンの大きなため息を、とある男が聞きつける。

「どうしたい？　カレンちゃん、兄さんたちの仕事は、まだ見つからないのかい？」

『兄さん』とは聖獣たちのことだ。

心配そうにたずねてくる彼は、王都の西の外門を守る警備兵だ。名前はルーカス。

二十代後半の大柄な男で、くっきりとした眉と切れ長の目が少し怖そうな印象を与える。

しかし、実際の彼はかなりのお人好しであり、世話好きだった。

それを、カレンは身をもって知っている。

ヨーザンにやって来たカレンたちが最初に出会った人間が、ルーカスだった。警備兵として型通りの質問をした彼は、カレンのでっちあげた嘘の身の上話に、いたく同情してくれたのだ。

「そうかい。その年で、育った旅芸人の一座が解散してしまうなんてなぁ。まあ、座長が高齢だったんなら仕方のないことなんだろうが。……ヨーザンには、職を探しに来たのかい？」

カレンとアスランたちは、同じ一座で育った旅芸人の仲間。一座の解散と同時に職を失い、定住する場所を探して王都にやってきた――というのが、カレンが考えた自分たちの設定だった。

どこそこの町の出身などと決めてしまうと、万が一同じ町の出身者に出会った時に都合が悪い。

何よりカレンは、この世界の常識がわからない。流れの旅芸人の中で育ったという設定ならば、多少常識はずれでも通るのではないか、と彼女は考えたのだ。

(それに、旅芸人の一座なら、アスランたちがイケメン揃《ぞろ》いでも、納得してもらえそうだもの)

そう、カレンたち一行の最大の特徴は、誰もが必ず振り返るというほどの聖獣たちの美貌《びぼう》にあった。しかも、四人が四人ともタイプの違うイケメンである。

(兄弟にはとても見えないし、こんなド派手な美形揃《ぞろ》い、アイドルグループでもなければ考えられないわよね)

その結果、身の上を偽《いつわ》るなら旅芸人が一番！　となったのだった。

ちなみにこの世界の人間は、地球で言うところの西洋人に似た容姿だ。典型的な日本人のカレンは、実年齢よりもずいぶん若いと思われている。都合よく同情してもらえるので、そのあたりは訂正していなかった。

カレンたちにすっかり同情したルーカスは、最初に会って以降、何かと気にかけてくれている。両替商のことを教えてくれたのも彼だ。仕事が見つからないというカレンの相談にも熱心に乗ってくれるし、実際に仕事を紹介してくれたこともあった。

昨日、両替商に素っ気なく対応されたカレンは、アスランと一緒にルーカスのもとへ相談に来ていたのだ。カレンがため息のわけを話し終えると、ルーカスは唸《うな》った。

「う～ん。そいつは困ったな。……兄さんたちさえよければ、傭兵《ようへい》として城で雇ってもらえるように、俺が口をきいてやってもいいんだが――」

彼は親切に提案してくれる。しかし、それに対し、アスランはフンと鼻を鳴らした。

「断る。傭兵《ようへい》なんてごめんだ。ここで暮らしていけなくなったら、俺たちは元いた場所に帰ればいいだけだ。そんな必要はない！」

――そう。どんなにカレンが困ろうとも、アスランたちが積極的に働こうとしない一番の理由が、これだった。

彼らにとって人間の町は、どうしてもいたい場所ではないのである。カレンがいたいというから一緒に来たというだけで、彼ら自身に思い入れはない。

「俺たちは、カレンと一緒ならどこに住んでもいいんだ」

それがアスランたちの本音だ。

「……いつもながら、潔《いさぎよ》いほどのシスコンだな」

ルーカスはあきれて、ため息をつく。

「俺はカレンの兄ではないと言っているだろう！　いったい何度言ったら、お前はわかるんだ!?」

アスランは忌々《いまいま》しげにルーカスを怒鳴《どな》りつけた。アスランは自分がカレンと兄妹《きょうだい》だと思われるのが嫌らしい。

「わかっているさ。兄妹《きょうだい》同然に育った大切な仲間なんだろう？　俺だってカレンちゃんみたいな可愛い娘《こ》とずっと一緒に育ったら、シスコンにもなるさ」

カレンに向かい、大きくウインクをするルーカス。

「きさま！」

いきり立つアスランに「わかったわかった」と言いながら、ルーカスは楽しそうに笑った。

「そんなことより、せっかく王都に出てきたんだ。あっさり帰るなんて言わずに、がんばってみろよ。応援してやるからさ」

本当に、どこまでも気のいいルーカスである。

そんな彼に心から感謝しながら、カレンは『あるもの』を差し出した。

「ルーカスさん、いつも私たちを気にかけてくれて、ありがとうございます。よかったらこれを食べてください」

カレンが差し出したのは、少し大きめのお弁当箱だった。

苦節三ヵ月。ついにお弁当箱を完成させたカレンは、先日念願のお弁当を作ったのである。

もちろん、いの一番にアスランたちに作ってあげて、みんなでお弁当を持って外に出かけた。

今暮らしている家の近くの空《あ》き地に敷物を敷いての、ランチタイム。みんなとても喜んでくれて、大満足のカレンだ。ご近所に住む人や、通りかかった人から思いっきり注目されてしまったが、そんなことも気にならないくらい嬉しかった。

その時の周囲の人たちと同じような反応で、ルーカスは、驚きに目をパチクリさせる。

「なんだい？　これは。変わった箱だな」

「これは〝お弁当〟っていいます。専用の箱――お弁当箱に詰めた簡単な食事で、お仕事の途中でお腹が空《す》いたときなんかに食べてもらうものです」

カレンの説明を聞き、ルーカスは興味津々《きょうみしんしん》でお弁当の小さな箱を見つめる。

この町は平和だ。いいことなのだけれど、その分人々がのんびりしていて、文明はあまり進んでいない。前に訪れた町同様、王都でも夜間の明かりはロウソクが主流で、王侯貴族など裕福な者が油脂を使ったランプをともすくらい。空中の魔素《まそ》を利用した魔力灯《まりょくとう》も存在するが、そもそも魔法を使える者がほとんどいないため、その数はとても少なかった。

とはいえ、夜に人々が活動しないのかといえば、それは違う。夜に仕事をする代表が、ルーカスみたいな門に立つ警備兵である。彼らは交替で、常時門に詰めている。

（ルーカスさんは、騎士なんだから体も鍛《きた》えるし、お腹が空《す》くはずよね）

そう考えたカレンは、日頃のお礼も兼《か》ねてルーカスにお弁当の差し入れをしようと思いついたのだった。

「開けてもいいかい？」

「はい、どうぞ。自信作の〝鳥の唐揚げ弁当〟です！」

唐揚げと聞いた途端、アスランは、ものすごく羨《うらや》ましそうな顔をした。

（もうっ、朝、たくさん食べたくせに！）

あきれてため息をつきつつも、カレンは胸を張る。

ずっと作りたかったオリーブオイルが、ついに完成したのだ。ウォルフにオリーブを探してもらうところからはじめたので、結構苦労した。

お弁当箱の完成と同時に、念願の揚げ物料理も作ったカレン。

(町にも油は売っているけれど、貴重で高いのよね)

おそらくこの国の搾油《さくゆ》技術は進んでいないのだろう。油脂の流通は少なく、そのほとんどはランプなどの灯りに使われている。食用にはほとんど用いられない。

当然、極貧生活のカレンたちに買える値段ではないため、せっせと油づくりに精を出してきた。

(ウォルフがいてくれるから、本当に助かるわ)

緑と大地の聖獣王はどんな植物でも思いのままに生《は》えさせ、成長させられる。ウォルフの手にかかれば、オリーブの実も簡単に手に入る。次はゴマを収穫してもらって、ゴマ油でも作ろうかと計画しているカレンだ。

(ゴマ油を使ったお菓子とか、作ってみたいわ)

香りのよいゴマ油を搾油《さくゆ》するためには、高温の焙煎《ばいせん》が必要だが、そこはアスランがいるから問題ない。圧搾《あっさく》も聖獣の力を以《もっ》てすれば可能だろう。

カレンたちの借りた一軒家は、前の持ち主が料理好きだったのか、ものすごく大きなキッチンがある。おかげでカレンは思う存分料理の腕を振るうことができる。

(美味《おい》しい食事を作って食べるのって、それだけで幸せだもの)

幸い、ヨーザンの食文化は日本と似ていた。お米が主食で、おかずはどことなく和食に近い。もっとも、お米は玄米で、料理も野菜の煮つけや魚の干物といった昔ながらのものが多い。味つけが淡白なところが、カレンには少々物足りなくもあるのだが――

（おじいちゃんが好きだった料理にも似ているのよね）

なんだか懐かしくなる。

野菜もなじみのあるものばかり。黒いパンや肉もあるのだが、どうやら高級品のようで普通の食材よりも値段が高めだ。

（肉や魚なんかは、みんなのおかげでなんとかなっているけれど）

聖獣であるアスランたちにとって、狩りはお手のものである。しかも彼らは肉や魚の解体までしてくれた。余った食材は、水と氷の聖獣であるカムイがきちんと冷凍保存してくれるので問題ない。

異世界なのにここまで至れり尽くせりだと、嬉しくなってしまう。張りきってカレンが新たに作った料理は、どれも聖獣たちに大好評だった。

中でも鳥の唐揚げは、アスランの大好物である。そのため彼は、じっとルーカスの弁当を見つめていた。

（揚げるそばから食べちゃって、お弁当の分を確保するのがたいへんだったのに、まだ食べたいの？）

カレンは、今にも弁当を奪いそうなアスランを睨《にら》みつける。

そんなカレンとアスランのひそやかな攻防には気づかずに、ルーカスは弁当箱のふたを開けた。

現れたのは、白いご飯にカリカリの唐揚げが五個、茹《ゆ》でた緑の野菜に赤い実と、色鮮《あざ》やかな弁当だ。デザートに黄色くて酸味のある果実も一切れついている。

「ほぉ〜っ！」と、ルーカスが唸《うな》った。

その声を聞きつけたほかの騎士仲間たちも、集まってくる。

「これは、米？　白いぞ？」

いつも玄米を食べているルーカスは、まずそこに驚いた。

「お米の茶色い表面を削って白米にしたんです。栄養価は下がってしまいますけれど、美味《おい》しいですよ」

玄米を精米して白米にするのは、それほど難しくない。一番簡単なのは、ガラス瓶に玄米を入れて棒で突く方法だ。ただ、時間と労力がかかるので、この世界では精米していないのではないかと思われた。

（王侯貴族とか、身分の高い人はしていそうね）

カレンの白米は、風を操《あやつ》るアウルがあっという間《ま》に精米してくれたものだ。彼女がイメージを話しただけでアウルは精米を理解し、ピカピカの白米を作ってくれた。感謝してもしきれない。

（ただ「もっと褒めていいよ」と言って甘えてくるのは、ちょっとどうかと思ってしまうけど）

「うるさい！」と怒るアスランとアウルがケンカになって、たいへんだった。その時の騒動を思い出しカレンが遠い目をしている間に、ルーカスはご飯を一口頬張る。

「柔らかいし、甘い！」

彼は驚きに目を見開いた。

嬉しくなったカレンは、すぐに次をすすめる。

「鳥の唐揚げも食べてみてください。揚げる前に鶏肉を茹《ゆ》でて火を通してあるから、とっても柔らかくて、冷めても美味《おい》しいんですよ！」

カレンの説明の半分も聞かないうちに、ルーカスは急いで唐揚げを口に入れ――

「美味《うま》い！」

一言叫ぶ。

「でしょう？」

「このカラアゲってやつは、はじめて食べたよ。アゲルってどういうことだ？」

「高温の油の中で食材を加熱するんです。焼くのとはまた違って、美味《おい》しいですよね」

カレンは満面の笑みを浮かべる。お弁当は、大成功と言ってもいいだろう。

いや、実際大成功すぎたかもしれなかった。

何故なら、その後――

「おいおい！　ルーカス、俺にも一口くれ」

「ずるいぞ、抜け駆けは。一口くれるんなら俺が先だろう？」

「ルーカス、お前、この前俺が当番を代わってやったこと、覚えているよな？」

「うめぇっ！　なんだ、これ⁉」

弁当に興味津々《きょうみしんしん》の騎士が集まってきて、ちょっとした騒ぎに発展してしまったのだ。

騎士たちの手から弁当を庇《かば》いながら、ルーカスも声を上げる。

「おいっ！　こら、勝手に食べるな！」

「ジューシィー！」

「だから、食うなと言っているだろう！」

必死で弁当を抱えこみ、渡すまいとするルーカスと、なんとか一口ありつこうと群がる騎士たち。

思わぬ事態に、カレンは叫ぶ。

「あ！　あのっ！　そんなに気に入ってくださったなら、明日もまた作ってきますから！」

その途端、バッ！　とものすごい勢いで、ルーカスたちが振り返った。

「ホントか？　カレンちゃん」

「俺も！　俺も！　俺も〝お弁当〟欲しい！」

「ハイハイ！　俺も！」

「絶対、俺も！」

「……俺も、欲しい」

次から次へと声が上がる。……最後の一人は、何故かアスランだった。

「アスランは、ダメ！」

「なっ！　何故だ!?」

「当たり前でしょう」

何を言っているのかとあきれる一方で、カレンは少し困った。

「……あの、でも、その……材料費がかかるので、そんなにたくさんは作れないんですけれど」

申し訳ないなと思いながら、そう断る。肉や魚、野菜はタダで手に入っても、ほかの食材や調味料にお金はかかってしまう。困窮中《こんきゅうちゅう》という現状で、そんなにたくさん弁当を差し入れることはできなかった。

カレンの言葉に、ルーカスたちはキョトンとする。

「いや、そんな、まさか。俺たちは、カレンちゃんにたかったりしないぞ」

「そうそう。きちんと材料費は払うよ」

「材料費だけじゃない。作ってもらうんだから、それに見合う代金だって、ちゃんと払うさ」

そうだそうだと頷《うなず》き合う騎士たち。

「そうだな。……どうだろう？　一個、千メリルでどうかな？」

ルーカスの提案に、カレンはギョッとして息を呑む。

一個千円のお弁当なんて高すぎる。仕出し弁当でもなければ、お昼の弁当代はせいぜい六百円くらいが限度だろう。

カレンはブンブンと首を横に振る。

「安すぎるか？　だったら――」

まだ金額を上げようとするルーカスを、慌《あわ》てて止めた。

「ち、違います！　高すぎです。……えっと、五百メリル！　五百メリルでどうですか？」

ルーカスは大きく目を開けた。

「え？　そんなに安くていいのかい？　だったら、俺は毎日頼むぞ」

「俺も！　俺も毎日、お願いします！」

「俺もお願いしたいな。違うメニューもあるんだろう？」

「俺、野菜炒《いた》めが好きなんだけど！」

俺も俺も、と次から次へと注文が入る。

その様子を見たルーカスが、あきれたように呟《つぶや》く。

「スゴイな、これは。……ひょっとして、これで商売ができるんじゃないか？」

丁度カレンも同じことを考えたところだった。

――注文をもらって、お弁当を作って、配達して、代金を受け取る。

それは、まさしく、宅配お弁当屋さんだ。

（……私、ひょっとして、この世界でお弁当屋さんになれるの？）

カレンの胸は、ドキドキと高鳴っていた。

決意を固めたあと、カレンの行動は早かった。

ルーカスのいる外門、その周辺の店や工場を調べ、お弁当を注文してくれそうな人がいないかリサーチする。

(市場《しじょう》を知るのは、商売の基本よね)

幸いなことに、外門近くには大きな工場が多かった。紡績工場や鋳物《いもの》工場といった従業員の多い工場が並んでいる。

翌日の晩、カレンは召喚獣たちに告げた。

「まずは五日間、無料でお弁当を食べてもらって、お客さんを増やそうと思うの」

リサーチした結果と、そこから見込める販売数。それだけのお弁当を作って販売するための初期投資を含めた経費等、お弁当屋をはじめるための資料を揃《そろ》えた。情報を提示し、カレンはアスランたちを見回す。

「何をバタバタと動き回っているのかと思えば……」

資料を見ながらウォルフは言い、感心したようにカムイが唸《うな》る。

「こんなものを作っていたのか」

「試算はしたわ。この世界にはお弁当がないから、市場《しじょう》は独占できると思う。ただ、そもそも昼食を食べる習慣がないことがネックね。価格は自由に決められるけど、あまり高くは売れないわ。儲《もう》けが一番大きくなる価格を計算して——」

カレンは、一生懸命説明した。

前の世界で、いつかは自分の店を持とうと思っていたカレン。そのため、彼女はほんの少しだが経営の勉強もしていた。試算の結果、異世界のお弁当屋さんが成功する可能性は高い。

「一番心配なのは、今ある飲食店や食品業者との関係ね。でも朝食や夕食でなく、うちは昼食限定ってことで、折り合いはつくと思うの。調味料や加工食品とか、うちが購入することで利益をほかのお店に回せる面もあるし、店に直接お弁当を購入しにくるお客さんが増えれば、周りのお店にもお金は落ちるはずだわ。レシピなんかも独占せずに、公表するつもりよ」

既存店への配慮は、新規参入する者として必要なことだろう。

やるべきことはすべてやる。だから――

「私と一緒にお弁当屋さんをやってください！」

カレンは、アスランたちに頭を下げた。

一人で商売ができるはずもない。何よりここは異世界だ。カレンのお弁当屋さんに、アスランたちの協力は必要不可欠である。

アスランたちは、シンと黙りこんだ。

「私は、一人では何もできないわ。今だってみんなに助けられて生きている。……お弁当屋さんだって、アウルの精米だけじゃなく、みんなの力をフルに使ってもらう必要があるの。……でも私、みんなと、ここでお弁当屋さんをしたい！　お弁当のないこの世界で、お弁当が本当に必要とされるのかどうかもわからない状態だけれど、ルーカスさんたちみたいにお弁当が欲しいって言ってくれる人もいる。そんな人が一人でもいるのなら、私はお弁当を作って届けたい。それは、今、私とみんなにしかできないことなの。……だから、お願い、力を貸して。……自分のお弁当屋さんを持つのは、私の昔からの夢だった。その夢を叶えるためにも……お願いします！」

深く頭を下げるカレン。

聖獣たちは、どちらかと言えば、人間の町より島の方が好きなようだった。人目を気にせず、獣体に戻りのびのびできるのだ。当たり前だろう。人間の町でずっと暮らし、ましてや商売をしたいなんて、いやがられるかもしれない。

それでも、お弁当屋を持つという自分の夢を叶えたくて、カレンはただ頭を下げた。

やがて……大きなため息が聞こえてくる。

ビクッとするカレンに対し――

「〝お願い〟ではなくて、命令するんだ。そう教えただろう」

ウォルフがあきれた声でダメ出ししてきた。

カレンは、びっくりして顔を上げる。

「我らは、主《あるじ》の召喚獣だ。命じられれば、どんな望みも叶えよう」

カムイはキリッとした表情でカレンを見、アウルはおどけた様子でウインクしてくる。

「俺は、面白そうなことなら〝お願い〟でも〝命令〟でも、どっちでもいいよ。いずれにせよ、俺がカレンの望みを叶えるのは変わらないんだし」

「みんな――」

そして、静かにカレンの後ろに近寄ったアスランが、背後からギュッと抱きしめてきた。

「俺は、本当は反対だ。カレンは俺たちの主《あるじ》で、俺たちに――俺に守られて、ただそこにいてくれれば、それだけでいい。……でも、弁当屋がカレンの夢で……俺たちと一緒に弁当屋をやっていきたいと望むのなら――」

「望むわ！　望むに決まっている！　家族と一緒にお弁当屋さんをやるのは、元の世界にいた頃から、私の夢だもの！」

アスランのカレンを抱く力が、ほんの少し強まった。

「だったら、俺は――俺たちは、カレンの夢を叶えよう」

「アスラン！」

カレンはクルリと振り向くと、ギュッとアスランにしがみつく。

しばらくそのままでいた二人だったが……「ゴホン」とカムイが咳をしたとたん、カレンはパッと体を離した。

「いちゃつくなら、よそでやれ」

「い、いちゃつく、なんて」

カレンは恥ずかしさでどもってしまう。

「まあ、落ち着け」

グルルと唸《うな》り出したアスランを、ウォルフが冷静に止める。そのままカレンの前に頭を下げた。

「我らに、あなたの望みを告げてください」

カムイはもちろん、アウルも、そしてアスランも続いて頭を下げる。

「望みを言え。カレン」

アスランの言葉に促《うなが》され、カレンは宣言する。

「お弁当屋さんをやるわ！　みんなと一緒に！」

「承知した」

「主《あるじ》の望むままに」

「わかったよ」

ウォルフ、カムイ、アウルが頷《うなず》く。

カレンの胸に、ふつふつと喜びが湧き上がってくる。

「……カレン、お前と一緒に」

最後のアスランの言葉で、喜びを爆発させるカレンだった。

第四章　「キャラ弁当とダイエット弁当」

人間の四つの国のどこにも属さない、大陸の中央部。一面緑の平原で、鹿に似た草食獣の群れが、のんびりと草を食《は》んでいた。陽光がきらめき、さわやかな風が草を揺らす。

――その時、ふと、風向きが変わった。

途端に草食獣は一頭、また一頭と頭を上げる。耳をピクピクと動かし、風の匂いを嗅《か》ぐ。

次の瞬間、少し離れたところにある背の高い草むらから、影が飛び出した！

黒い狼だ。

それと同時に、脱兎《だっと》のごとく逃げ出す草食獣。ふいを突かれたとはいえ、彼らの足は速い。敵の黒い狼は、常の相手ならば余裕で逃げ切れるほど遠くにいる。

しかし黒い狼は、草食獣を遥かに上回る速さで駆けてきた。

草食獣との距離をみるみる縮め、あと数十センチというところで地を蹴る狼。黒い体が草食獣めがけ跳躍し、牙《きば》をむいて――

ドウッ！　という音が響いた後には、草食獣の一頭の長い首に牙《きば》が刺さっていた。黒い狼──ウォルフは、そのままなおも深く草食獣に牙《きば》を沈ませ、とどめを刺す。

今日の彼は、獣体の姿を取っていた。ただし、その大きさはかなり小さく、普通の狼くらいしかない。

「近づく前に気づかれるなんて、腕が鈍《にぶ》ったんじゃないか？」

ウォルフを揶揄《やゆ》する言葉を発したのは、転移魔法で忽然《こつぜん》とこの場に現れた赤い獅子《しし》アスランだ。こちらも本来の姿とは比べるべくもなく小さく、しかも翼がない。その鋭《するど》い爪で、いつの間に狩ったのか、別の草食獣を押さえつけていた。

「そんなわけがないだろう。俺の邪魔をしたのはあいつだ」

仕留めた獲物から牙《きば》を抜き、ウォルフは上空を仰《あお》ぎ見る。

そこには、青い空に悠々と翼を広げて飛ぶフクロウがいた。これは、本来鵬《おおとり》の獣体の姿を持つアウルである。

「アウルめ、あいつ、急に風向きを変えやがった」

「まったく気まぐれな奴だな」

あきれたようにアスランがため息をつく。

空を飛ぶアウルのかぎ爪にも、小型の獣《けもの》がぶら下がっていた。地上でウォルフたちが狩りをしている間にアウルも獲物を狙っていたのだろう。

「まあ、いい。今日の分の獲物は十分に狩れた。早く帰って明日の仕込みをするぞ」

「そうだな。明日はハンバーグ弁当の予定だったか」

言いながら、カレンの作るハンバーグの味を思い出したのか、赤い獅子《しし》がよだれをこぼさんばかりに舌なめずりをする。

聖獣たちは、食材となる肉を狩っていたのだ。今日は肉だが、日によっては海に出て魚を獲ることもある。

カレンがお弁当屋をはじめて約三ヵ月。聖獣たちのおかげで、庶民には高級品の肉や新鮮な魚をふんだんに使った栄養満点の美味《おい》しいお弁当を、リーズナブルな値段で提供することができている。

仕留めた獲物を満足そうに見つめる、アスランとウォルフ。

しかし一度目が合うと、バチバチと火花を散らして、彼らは睨《にら》み合う。

「俺の獲物の方がでかい」

「ハッ、でかけりゃイイってものでもあるまい。俺の獲物の方が、肉質は遥かに上等だ」

二人がふと上空を見上げれば、飛んでいたフクロウがパッと掻き消えた。転移魔法で家に帰ったのだろう。

「クソッ！　アウルめ、あいつ、先に帰ってカレンに獲物の自慢をするつもりだな」

抜け駆けされてたまるものか、と赤い獅子《しし》も続けて姿を消す。

後には、あきれて首を横に振る黒い狼が残る。その狼も一つ息を吐いて、草原から姿を消したのだった。

◇

翌朝──

「カムイ、昨日冷凍したハンバーグを出して」

カレンの言葉に、水と氷を操《あやつ》る聖獣であるカムイが、何もない空間から凍らせたハンバーグを出現させる。これは転移魔法の応用らしい。

「アスラン、解凍して」

炎を操《あやつ》るアスランにとって、温めるのはお手のものである。

「カレン、付け合わせの野菜は、このくらいで足りるか？」

そう言って、収穫したばかりの野菜を抱え、ウォルフがキッチンに入ってきた。大地と緑を操《あやつ》る聖獣である彼の手にかかれば、野菜はいつでも豊作、新鮮そのものだ。

「十分よ。アウル、洗って盛りつけをお願い」

く見える。

おしゃれなアウルは美的センスが抜群で、彼の盛りつけるお弁当は三割増しで美味《おい》し
「ハイハイ」

「時間がないわ！　みんながんばって」

「おうっ！」と答える聖獣たちに笑みを返し、カレンは忙しく動き回る。

――お弁当屋をはじめると決めたカレンは、まず店舗付きの家を探すことにした。とはいえ、カレンたちは困窮中《こんきゅうちゅう》。費用を抑えて引っ越したいと、お弁当を差し入れつつ大家さんに相談した。すると大家さんは、お弁当を大絶賛して店舗候補をピックアップしてくれたのだ。しかも、毎日弁当を届けることを条件に、家賃をまけてくれるという。

あまりに都合のいい話に驚きつつ、カレンたちはすぐさまそこへ引っ越し、店を開店したのだった。

それからすでに三ヵ月。門に勤める騎士や周囲の工場への販売をはじめたカレンたちの弁当は好評を博し、順調に売り上げを伸ばしていた。数は多くないが、店頭でも販売していてほぼ完売だ。

今までなかったお弁当というアイデアと斬新で美味《おい》しい料理は、今ヨーザンで一番の話題となっている。

もっとも、話題になるにつれて困り事も出てきた。王都ヨーザンに以前からある飲食店から、厳しい目を向けられはじめているのだ。とはいえ、カレンの店のせいで他店に大きな影響が出ているということもない。そもそもこの世界には昼食を食べる習慣がないし、五人で毎日作ることができる弁当は数も限られている。他を圧倒するほどの売り上げにはならないのだ。

いろいろありつつも、毎日が忙しく、カレンはやる気に満ち、充実した日々を送っていた。

今日もたくさんのお弁当を作り上げ、配達先ごとに分けて箱に詰める。この箱も、カムイの保冷魔法をかけた特別なものだ。

「じゃあ、いつも通り鋳物《いもの》工場の方はウォルフに、紡績工場はアウルが配達して。私とアスランは、門とそのほかのところに向かうから……カムイは残って店番をお願い」

てきぱきと配達先を割り振るカレン。本当は、彼女もアスランとは別行動でお弁当を配って効率を上げたいのだが、何故かそれだけはカムイから強く反対されていた。

常に聖獣たちの誰かを一緒に連れて行動するように、カムイは口うるさく言う。

（危険だって話だけれど、この町はそんなに治安が悪くないのに……本当にカムイはお父さん属性よね）

半ばあきれながらも、カムイの言葉を受け入れているカレンだ。

「あ〜あ、歩いていくのは面倒なんだよな。見つからないようにパパッと転移しちゃだめかい？」

紡績工場の注文は数が多い。大きなお弁当ケースをいやそうに見ながら、アウルがこぼした。

「こんな大きな箱を抱えて歩くなんて、カッコ悪い」

重くて持てない——ではなく、カッコ悪いというのが、いかにもアウルらしい理由である。

カレンはきっぱりと首を横に振った。

「ダメよ。……アウルはうちの一番の広告塔なんだから。アウルの姿を見てお弁当を注文してくれる個人のお客さんが、とっても多いのよ。アウルが町を歩かなかったら、がっかりする女の子がいっぱいいるわ」

カレンにそう言われて、アウルはへらっと笑み崩れる。

「やっぱり、そう思うかい？」

「もちろん！」

「そこまで言われちゃ期待を裏切れないな。行ってくる」

アウルは上機嫌で配達に出かけていった。

「……ちょろすぎるだろう」

その後ろ姿を見ながら、ウォルフがあきれたように呟《つぶや》く。

「でも、本当のことだもの」

食材の調達から保存冷凍、加熱調理まで、聖獣たちの力はこの世界でお弁当屋さんをやっていく上で非常に役立つ。しかし彼らは、力以外でもお弁当の売り上げに大きく貢献していた。

それは、彼らの容姿である。

若い女性はモチロン、かなり年配の女性、そして何故か男性までもが彼らの姿に見惚《みと》れる。そして、彼らが運ぶお弁当に興味を持ってくれるというわけだ。

たとえ異世界であっても、イケメンの魅力《みりょく》は共通らしかった。

（人気倒れにならないように、もっとがんばらなくっちゃ！）

いくら人目を引いても、それでお弁当を買ってくれたお客さんが満足してくれなくては、意味がない。それに、続けて購入してくれるようにならないと、売り上げは安定していかない。

より一層の努力を心に誓うカレンだった。

そんなこんなの日々の中、今日もカレンはアスランと共に、ルーカスにお弁当を届けていた。

「今日は、エビチリ弁当です。ちょっぴり辛いけど、一度食べると病《や》みつきになるお弁当ですよ」

真っ赤なエビチリとふんわり甘めな卵焼き、青菜の煮びたしにコロコロ丸いコロッケを入れたエビチリ弁当は、彩《いろど》り鮮《あざ》やか、見た目とボリュームで胃袋もガッツリ掴むお弁当だ。

「〝エビチリ〟？　今日もはじめて聞く料理だよ。うんうん、最高に美味《うま》そうだ。いただきます！」

お弁当を見て相好《そうごう》を崩し、さっそく食べようと箸を持つルーカス。

そんな彼を「待て！」の一言が止めた。

「え？　……はっ、うわっ！　団長！」

止めたのは、ルーカスの上司である騎士団の団長だ。

団長の姿を見たルーカスは、慌《あわ》てて箸を持ったまま敬礼した。かなり間抜《まぬ》けな姿である。

「団長……どうしてこんな時間に？」

「私がここに来るのは、別におかしなことではあるまい？」

カツカツと靴音を響かせて近づいてくる団長は、落ち着いた雰囲気のロマンスグレーのおじさまだ。歩く姿に隙《すき》はなく、伸びた背筋に威厳が漂《ただよ》う。

「そ、それは、そうですが。しかし、いつもはもっと遅い時間に……」

王都の騎士団員は、王城と四つの外門それぞれに分かれて配置されている。それらすべてを束ねる団長は、まず王城に出仕し、その後、各門を順に巡《めぐ》るのが勤務パターンらしい。

ルーカスの詰めるこの門に団長が来るのは、いつも最後。太陽の輝きも薄れようという時間帯だとか。

そのため、昼前に門を訪ねるカレンとアスランは、団長とは初対面だった。

「王都で噂の〝お弁当〟とやらを見てみたいと思ったのだ。……それが〝お弁当〟で、そこに立っているのが店の方たちかな？」

わざわざ、いつもとは違う時間帯に〝お弁当〟を見に来たと言う団長。驚くカレンたちを見ると、彼は真面目な表情で軽く会釈《えしゃく》した。

「はじめまして、お嬢さん。私はマルティン。ルーカスの上司だ。……君たちの作るお弁当のおかげで、この門の士気がとても高まっていると聞いているよ。ありがとう」

紳士然とした団長は、カレンたちに丁寧に言葉をかけてくる。

「あ、いえ。……こちらこそ、いつもご注文いただいてありがとうございます！」

カレンの礼に、団長は鷹揚《おうよう》に頷《うなず》いた。

アスランは何故か黙りこんだままである。

それを気にした風もなく、団長はルーカスの脇に立ち、彼が今まさに食べようとしていたエビチリ弁当を覗《のぞ》きこんだ。

「……キレイだな」

団長は一言呟《つぶや》く。

「そっ、そうなんです！　しかもキレイなだけじゃなく、とっても、うま――美味《おい》しいんですよ。俺は、この弁当を食べるようになってから、夕方までへたばることがなくなりました」

勢いこんで、お弁当の素晴らしさをアピールしようとするルーカス。しかしそれは、以前はへたばっていましたと自己申告したようなものだろう。

言っちゃいけないことだったんじゃないか、とカレンは心配になる。

しかし、ルーカスの言葉には反応せず、団長は自分の右手を彼の方に差し出した。

「は？」

ルーカスはきょとんとする。

「その箸とお弁当を寄こせ。……私も食べてみたい」

途端、ルーカスは箸を握《にぎ》りしめ、背中に隠そうとした。

「……ルーカス」

しかし、相手は上司だ。逆らえないと感じたのだろう、ルーカスは渋々《しぶしぶ》箸を渡す。さらに促《うなが》されて嫌そうにお弁当も渡した。

「ありがとう」

優雅に礼を言った団長は、エビチリを箸でつまんでパクリと口に入れた。

ルーカスの肩が、ガックリと下がる。

モグモグモグと咀嚼《そしゃく》する団長。

「フム。これは美味《うま》いな」

そう言うと、続けざまに今度は卵焼きに箸を伸ばした。

――モグモグモグ

――ガックリ

――モグモグモグ

――ガックリ

箸を止めずに食べ続ける団長と、どんどん肩を落としていくルーカス。

カレンとアスランは、呆気《あっけ》にとられる。

ついに、お弁当は空《から》っぽになった。ルーカスは、もう涙目である。

「フム。たいへん美味《びみ》だった。評判は本当だったわけだな」

口元をハンカチで拭きながら、団長がカレンたちの方を向いた。

「これなら大丈夫だろう。君たちに、折り入って頼みたいことがある。……私のために、特別なお弁当を作ってくれないか?」

数分後――カレンたちは外門の詰め所の奥にある応接室のソファーに、団長と向かい合って座っていた。団長はあらためて口を開く。

「実は、私には五歳になる娘がいるのだが――」

マルティン団長は、御年五十歳。二十歳、十八歳、十六歳、十四歳の息子と五歳の娘がいるそうだ。

子だくさんなことにカレンは驚いたが、この世界の家庭の子供の数は四、五人が平均らしい。

それはさておき、男ばかり四人生まれた後に、年の離れた娘が一人生まれたらどうなるか。結果は想像に難《かた》くない。

「こう言ってはなんだが――うちの娘は天使みたいに可愛い子でね。きっと将来国一番の美人になるだろう、とみんなに言われているんだよ」

カレンの予想通り、団長はたいへん、親バカ――もとい、子煩悩《こぼんのう》なようだった。

凜々《りり》しい顔をだらしなく笑み崩しながら、我《わ》が子の可愛さを力説しはじめる団長。それを、ルーカスが慌《あわ》てて止めた。

「団長のお嬢さんの可愛さは、隊員一同、耳にタ――いえ、熟知しております。それより、そのお嬢さんとお弁当が、何か関係するのですか？」

娘自慢を止められて少しムッとした団長だが、ルーカスの言葉で「そうそう、そうだった」と、話を戻す。

「可愛くて、賢くて、優しくて、言うことなしの娘なんだが……実は、好き嫌いが多くて困っていてね――」

地球で言うところの、にんじん、ピーマン、セロリにニラ、レバー、タコ、イワシ……などなど。団長が挙げていく娘の嫌いな食べものの多さに、カレンの顔は引きつる。

「ここまで食べられないものが多いと、さすがに今後のことが心配になってね。……そんな時、君たちの作った〝お弁当〟なるものを食べたという騎士の話を聞いたんだよ。

彼はかなりの偏食なんだが、〝お弁当〟はどの食材もたいへん美味《おい》しく料理されていて、気づけばいつもは食べないものまで食べていたと教えてくれてね。――これだ！　と思ったのだ」

それで団長は、娘の好き嫌いを直す〝お弁当〟を作ってほしい、と依頼してきたのだった。

「頼む！　代金はいくらでも払おう。なんなら、君たちが城でお弁当を売れるように便《べん》宜《ぎ》を図ってもいい」

可愛い娘のために、団長は必死だ。

カレンは、考えこんだ。

城でのお弁当販売は、確かに利益の大きい話である。単純に販売数が増えるだけではなく、お城という特別な場所への出入りにより、カレンたちの〝お弁当〟への信頼が増し、付加価値がつく。

（王室御用達《ごようたし》みたいな？）

とはいえ、カレンたちのお弁当屋は、彼女と召喚獣四人だけで回している。召喚獣たちのハイスペックな能力でなんとか切り盛りしているが、これ以上注文が増えるのは良《よ》し悪《あ》しだった。王城でのお弁当は手に余る。

そう考えれば、団長の申し出には、あまりこれといったメリットはない。失敗した時のデメリットを考えれば、かえって引き受けない方がいいだろう。

（でも――）

「わかりました。ご依頼、お受けします」

「おい！　カレン」

きっぱりとしたカレンの答えに、アスランが慌《あわ》てて声を上げた。

先刻よりアスランの機嫌はあまりよくない。おそらく、いかにも上流貴族然とした団長が気に入らないのだろう。

（自分が偉そうなのはよくても、他人が偉そうなのは嫌いだものね）

この半年以上で俺さまアスランの性格を熟知したカレンは、そう思う。

なおかつ、アスランは、カレンに人間の男が近づくのを極端に嫌う傾向があった。彼は主《あるじ》に対する独占欲が強いのである。五十歳、五人の子持ちであろうとも、アスランにとって人間の男は皆同じ害虫なのだ。

「俺は、これ以上仕事を増やすつもりはないぞ！　もう手に負えない！」

もっともらしい理由で、アスランはカレンを制止する。

そんなアスランを安心させるように、カレンは頷《うなず》く。

「わかっているわ、アスラン。私もこれ以上注文を増やす気はないもの。だから、お城への口利きのお話はお断りするつもりでいるわ。……ただ、小さい子の好き嫌いは、直せる機会があるのなら直してあげたいと思うの」

お弁当屋さんを職業に選んだカレンは、当然料理好きだった。そして何より、彼女は、まず食べることが好きなのだ。

(美味《おい》しい料理は、人を幸せにしてくれるもの！)

両親を早くに亡くし、祖父に育てられたカレン。寡黙《かもく》で無骨な祖父は、小さな孫をあやしたり、言葉巧みに笑わせたりすることはなかった。その代わり、孫のために慣れない料理を一生懸命作ってくれたのだ。ハンバーグやスパゲティなど、普段自分が食べないメニューを試行錯誤《しこうさくご》しながら作ってくれた祖父の後ろ姿を思い出す。

(おじいちゃんの料理の腕は、お世辞にもいいとは言えなかったけれど……でも、私にとっては、世界で一番美味《おい》しい料理だった)

食べるということは――誰かの作った料理を食べてお腹を満たすということは、それだけで本当に幸せなことなのだと、カレンは思う。

(なのに、好き嫌いがたくさんあったら、食べる幸せが減っちゃうじゃない！)

それは、とても悲しいことだ。もしも機会があるのなら、自分のできる精一杯で、好き嫌いを直してあげたい。

「私は、団長さんの依頼をお受けするわ」

もう一度、はっきりとした声で、カレンは言い切った。

彼女の態度に何かを感じ取ったのだろうか、今度はアスランも何も言わない。

団長は、大喜びでカレンに感謝し、「ぜひ頼む」と頭を下げた。

その後、カレンは団長からいろいろな話を聞き出す。娘さんが食べないものは、本当にただ嫌いな食べ物なのか、それともアレルギーなどで食べられないものなのか……確認することはたくさんあった。

「――確認事項はこれくらいでしょうか？　本日わからなかったことは、後でルーカスさんを通して教えてください。……では、一週間後にお弁当をご自宅に配達するということでいいですか？」

長い話がようやく終わり、カレンは団長に最終確認をとる。

「ああ、それでいい。私の邸《やしき》への案内図も、後でルーカスに届けさせよう。……ただ、もう一点、絶対守ってもらいたいことがある。そちらの彼だが――」

そこで言葉を切ると、チラリとアスランを横目で見る団長。

「――彼は、私の邸《やしき》に連れてこないでいただきたい。……………私は誰であろうと、年頃の男を私の可愛い天使に会わせる気はないからね」

彼は、高らかにそう宣言した。

……団長の娘は五歳である。

「俺はロリコンじゃねぇ！」

アスランが激昂《げっこう》して少々暴れ、せっかく詰めた話が白紙になりかけた。

親バカ――もとい、子煩悩《こぼんのう》もほどほどにした方がいいと思う、カレンだった。


「キャラ弁がいいと思うの。子供は絶対好きだし、まずは見た目で興味を持ってもらわないと」

一週間後、カレンはキッチンで腕まくりをしながらそう言った。

そんな彼女のそばでは、召喚獣たちがそれぞれの作業をしながら様子をうかがっている。アウルは首を傾《かし》げて言う。

「カレン、〝キャラベン〟って何？」

「ご飯やおかずで可愛い模様や動物なんかをかたどったお弁当のことよ」

キャラ弁を作ることにしたものの、ここは異世界。アニメの人気キャラがいるわけではない。

「うさぎとか、犬でもいいけれど……今日はクマにしよう。作りやすいし」

カレンは、炊き立てご飯に醤油《しょうゆ》とバターをちょっぴりまぜて、茶色く色づけた。それから丸く顔を形づくり、耳もつける。残した白いご飯を小さく丸めて顔の真ん中にのせ、海苔《のり》で目と鼻、口をつけた。

「うん！　可愛い」

上機嫌になったカレンは、次にニンジンをすりおろし、油で炒《いた》める。それを冷まして溶き卵の中に入れ、厚焼き卵を作った。

「こうするとニンジン特有の匂いと存在感がなくなって、嫌いな人でも食べやすくなるのよ。ほら、香りにクセがなくなったでしょ？」

カレンの説明に、一緒に卵を焼いていたアスランは、フンと横を向く。俺さま召喚獣は、マルティン団長の依頼を受けてからずっと機嫌が悪い。

肩をすくめたカレンは、でき上がった厚焼き玉子を二センチ幅に切った後、切り口を上にして斜め半分に切った。片方を裏返し組み合わせれば、厚焼き玉子は可愛いハート形になる。

「へぇ～、可愛いね」

カレンの手元を覗《のぞ》きこみ、声を上げるアウル。

「そうでしょう？」

カレンはエヘンと胸を張る。

「アウル、お前は無駄口をたたかず、早くブロッコリーを茹《ゆ》でろ。……カレン、ハンバーグのタネは、これくらいこねればいいのか？」

真面目な顔で聞いてくるウォルフは、ハンバーグの準備をしてくれている。

「うん。丁度いいわ。そこにみじん切りにして炒《いた》めておいたピーマンを加えてね。チーズを中にくるんで焼いて、デミグラスソースで絡めれば、食べやすくなるはずだわ」

ちなみに、デミグラスソースはカレンが一から手作りしたものだ。中にはニンジンやセロリ、トマトなどの野菜がたっぷり入っている。二日がかりで煮込んだこのソースには、うまみがぎゅっと詰まっている。

お弁当箱の真ん中にクマのご飯。その脇に、ハート形の卵焼きとハンバーグ、団長の娘さんが好きだというブロッコリーやミニトマトを入れて盛りつける。

「少なくないか？」

物足りなそうなカムイに聞かれて、カレンは苦笑しながら首を横に振った。

「五歳の女の子じゃ、そんなにたくさん食べられないわ。もうちょっと欲しいなって思うくらいが、丁度いいの。それに――」

「ジャーン！」と言いながら、カレンは棚の中から昨日作っておいた小さなカップケーキを取り出す。ほんのり緑色をしたカップケーキには、ほうれん草が入っていた。その上に、絞《しぼ》り出し袋に入れたクリームで、繊細《せんさい》で可愛いお花を飾りつけていく。

完成したのは、食べるのがもったいなくなるほど美しい、お花のカップケーキだった。

ゴクリとカムイが唾を呑みこむ。

「お弁当を完食したらご褒美にあげるのよ。きっと、喜んでくれるわ」

料理が和風なこの世界では、お菓子も和菓子が多い。ベーキングパウダーがないらしく、ふわふわした洋菓子は見かけない。メレンゲで作ったカップケーキは、きっと団長の娘さんにも喜んでもらえるだろう。

「……ということは、その子が完食しなければ、そのカップケーキとやらは残るんだな?」

真剣な表情でカムイが聞いてくる。

「もうっ! きちんとみんなの分も作ってあるから、そんな不吉なことを言わないで」

食いしん坊なカムイにあきれながら、カレンはカップケーキが入ったかごを取り出す。

今日はこのカムイにひと仕事してもらわなければならない。

「カムイ、カップケーキが気に入ったのなら、今度思う存分食べさせてあげる。……だから、お願いを聞いてくれない?」

さっそくカップケーキにかじりついたカムイは、カレンの言葉に少し首を傾《かし》げる。お父さん属性のイケメン男性なのに、その仕草はどこか可愛らしい。

口をモグモグさせたまま、カムイは頷《うなず》いた。

「約束よ」

今日のキャラ弁は、きっと成功するだろう。確信を得て、カレンはニッコリ微笑《ほほえ》んだ。


そして、やってきたマルティン団長のお邸《やしき》。

カレンを出迎えた団長は、彼女の横を見て口をあんぐりと開けた。

「……君、それは？」

「私のお手伝いをしてくれる〝もの〟です。団長さんがアスランみたいな若い男を邸《やしき》に入れられないとおっしゃられたので、彼に頼んだんです」

「いや、確かにそう言った。言ったが……しかし、君、それは」

呆然とする団長の後ろから、団長言うところの天使――本日の主役の五歳の少女が姿を見せる。中で待ちきれなかったのだろう。

金髪の愛くるしい少女は、カレンの隣に立つ〝それ〟を見つけた途端、「きゃぁ！」と、歓声を上げて駆け寄ってきた。

「カワイイ！　クマさん」

テテテッと走ってくると、少女は自分と同じくらいの大きさの三頭身のシロクマにポフッと抱きつく。二足歩行のぬいぐるみのようなシロクマは、びくともせずに少女を受け止めた。

たいへん、ファンタジーな光景である。

「……そのシロクマ……そこまでしっかり立っているということは、まさか聖獣の幼体か？　……君の召喚獣？」

信じられないといったように、団長はたずねてくる。

「はい。カムイといいます」

本当は幼体ではなく、バリバリ大人なカムイ。しかしそんなことはおくびにも出さず、カレンは笑顔で答えた。

アスランたちは人型になるだけではなく、獣体の大きさや見かけも変化させることができる。だからカレンは、くまのキャラ弁を作ると決めた時から、配達の際はカムイに一緒に来てもらおうと企《たくら》んでいた。カップケーキであっさり餌付《えづ》けに成功し、カムイに頼みこんだのだ。

「君は、召喚魔法が使えたのか？」

「ほんの少しだけですが」

カレンは、至極真面目にそう答えた。なにせ彼女は、召喚魔法の使い方をまったく理解していない。召喚魔法使いとして、自分はまだまだ未熟なのだとカレンは思っている。

そんな彼女に、団長は何かを言いたげに、口を開く。

しかし、彼が言葉を発するより一瞬早く——

「パパ！　早くクマさんに入ってもらって」

少女が父親を急《せ》かした。しっかりカムイの手を握《にぎ》った彼女は、キラキラと目を輝かせている。

「そうか。……そう、そうだったな。……お弁当が先か」

当初の目的を思い出した団長は、カレンたちを邸内《やしき》へと案内した。手をつなぎ並んで歩く愛娘《まなむすめ》と三頭身のシロクマに、彼は複雑な視線を向ける。もう一度、カレンを見て何かを言おうとしたが……

「いや、この話は後だ」

そう呟《つぶや》くと、団長は大きなため息をついた。

——そして、結果から言えば、カレンの『好き嫌い克服。キャラ弁当大作戦！』は、大成功に終わった。

見た目は可愛く、食べて美味《おい》しいキャラ弁当は、五歳の女の子のハートをがっちり掴んだのである。しかもそのお弁当を差し出してきたのが、モフモフでキュートなシロクマなのだから、たまらない。

「卵焼き、美味《おい》しい！」

大嫌いなニンジン入りの卵焼きを大喜びで食べる娘の姿に、団長は滂沱《ぼうだ》の涙を流す。あっという間《ま》にお弁当を完食し、少女は物足りなそうだ。そんな彼女に、シロクマはゆっくりとカップケーキの入ったかごを差し出した。

かごの中を見た彼女のテンションは、マックスになる。

「これ、あたしにくれるの？　ありがとう、クマさん！　大好き！」

ギュッとシロクマに抱きつく少女。

微笑《ほほえ》ましい光景を前にして、カレンは笑みを深くする。

そのシロクマは、少女にカップケーキを渡すことを内心とても残念に思っていて、だからゆっくり差し出したのだ。そんなことは、もちろんカレン以外誰も気づくはずもなかった。

何はともあれ、大成功の結果に、カレンは安堵《あんど》の息を吐く。

「お姉ちゃんも、お弁当ありがとう」

可愛い女の子から素直な感謝の言葉ももらえて、大満足の成果であった。

その後、今日のお弁当のレシピに加え、ほかにも好き嫌いを克服できそうな料理を邸《やしき》の料理人に教え、カレンは役目を終える。

「ありがとう。正直、ここまで上手くいくとは思っていなかったよ。……感謝する」

喜びに溢《あふ》れた団長は、カレンに深く頭を下げてきた。

お腹がいっぱいになり騒ぎ疲れた彼の娘は、つい先ほど寝てしまい、自室に運ばれていったばかりだ。今この応接室にいるのは、団長とカレン、そしてカムイだけだった。

「……本当に、城への口利きはしなくていいのか？」

団長の言葉に、カレンは「はい」と、ためらいなく答える。

「私の夢は、家族みんなで力を合わせて営《いとな》めるほどの、町の小さなお弁当屋さんなんです。大きなお店は、きっと性《しょう》に合いません」

カレンの返事に、団長は「そうか」と呟《つぶや》いた。そして考えこむように彼女をジッと見つめてきて――やがて、小さく笑う。

「では、城への口利きの代わりに、私から忠告を一つ、君にあげよう。――君は……おそらくとんでもない幸運で、そのシロクマの聖獣を召喚できたのだろうが……その召喚獣をあまり外へ連れ回さない方がいい」

「え？」

なんでそんなことを言われるのか、とカレンは首を傾《かし》げる。

コグマ姿のカムイは足が遅く、一緒に歩くのはたいへんだ。そのためカレンは、この姿の彼と外を歩くつもりはない。今日もこの邸《やしき》に入る直前まではいつもの人型でやってきて、邸《やしき》の陰でコグマに変身してもらった。

わけがわからず考えこむカレンに、団長は複雑そうな視線を向ける。

「シロクマは、北の国ノンメルの守護聖獣で、ノンメルの国民が神の遣いと崇《あが》め奉《たてまつ》っている。そんな神聖な聖獣を召喚できる人間がいると知られたら、君はたちまちノンメルの神殿に召し上げられてしまうぞ」

団長の言葉に、カレンはポカンとしてしまう。

慌《あわ》ててカムイを見るが、カムイはそんなこと知らないとばかりに首を横に振った。

――団長いわく、人間世界の四つの国には、それぞれ守護聖獣と呼ばれる存在がいるのだそうだ。

この世界の神は唯一神で、どこの国も同じ神を信仰している。しかしその神の遣いとされる聖獣が四つの国では異なっているらしい。

それぞれの国は、自国の守護聖獣を、特別な存在として敬《うやま》い崇拝《すうはい》していた。

「もっとも、聖獣を人間の国に喚《よ》ぶ方法は召喚魔法しかないし、ここ百年は強い召喚魔法使いがいないから、誰も聖獣なんか見たことがなかったのだけれどね……」

元々魔法を使える人間が少ないこの世界。中でも召喚魔法は特殊な魔法で、使い手はごくごくわずかなのだそうだ。そのわずかな者たちも、召喚できるのはせいぜい小さくて弱い聖獣が限度。今は幼体とはいえ、成体はクマ。それほど大きな聖獣を召喚できた人間はいないという。

「どうやら君はとんでもない才能の持ち主のようだね」

困ったように団長は呟《つぶや》く。

寝耳《ねみみ》に水のカレンは、ただただ驚いていた。

団長の言葉を聞いたカムイは、カレンを庇《かば》って彼女の前に出ると、団長に向かって歯をむき出した。とはいえ、その姿は三頭身のコグマ。恐ろしさは微塵《みじん》も感じられない。

団長は、笑って「大丈夫だ」と言った。

「今は平和な世の中だ。戦いはなく、この国は召喚魔法の使い手を必要としていない。私が君の大切なご主人さまを利用するために、このことを王家に報告することはないよ。神に誓おう」

真剣な顔でシロクマに話しかける団長。その様子は信じてよさそうだ。

カムイもカレンも、ホッとして警戒を解いた。

「ありがとうございます」

「なに、礼には及ばないよ。君が城や神殿に招聘《しょうへい》されてお弁当が食べられなくなってしまうのは、私も困るからね。何より、そんなことになったら、私は天使に口をきいてもらえなくなってしまう」

それだけは嫌だ、と団長は体を震わせる。

プッと噴き出すカレン。

団長もニヤリと笑った。

「君の召喚獣を、私の天使はとても気に入っている。あんな忠告をした後でなんだが、今後も我《わ》が家からお弁当を注文した際は、そのシロクマを連れてきてくれるかな？　目立たぬように、くれぐれも気をつけて」

「はい」

カレンの返事を聞いて、団長は満足そうに頷《うなず》く。

「ありがとう。お礼に城への口利き以外にも、私にできることがあればなんでも言ってくれ。可能な限り便宜《べんぎ》を図ろう」

親切な申し出をありがたく思いながらも断ろうとしたカレンだが、ふと最近気がかりになっていたことを思い出す。

「……本当になんでも申し上げてよろしいですか？」

「ああ。かまわない」

「それでは――」

実は、カレンのお弁当屋には、ここ最近、自分の店から食材を買ってほしいという強い申し入れがきていた。相手は、肉や魚を一手に扱う大手の食品店。カレンがお弁当屋をはじめた当初は、眼中にありません、という態度でこちらを無視していた店だった。

しかし、お弁当屋が人気になるやいなや、声をかけてきたのだ。王都で幅を利かせるその食品店の手口はかなり強引で、ヨーザンで肉や魚の値段が高いのは、この店の経営者のせいだとも噂されている。

肉も魚も聖獣たちの力で賄《まかな》えるカレンは、独自の伝手《つて》があるからとやんわりと断っていた。すると最近「だったらその伝手《つて》を教えろ」とか、「違法なことをしているのだろう」とか、様々な難癖をつけてきて、少し困っている。

「――私が肉や魚を仕入れる手段は、召喚魔法も関係しているため、あまり公《おおやけ》にできないことなんです。団長さんの方で、そのお店に上手く言ってもらうことはできますか？」

カレンの願いを聞いた団長は、軽く眉をひそめる。

「その店の名前は？」

「スパム食品店です」

「やはり、あそこか。スパム食品店については、ほかからも苦情が出ている。……以前から多少やり口が強引なことはあったとはいえ、ここまで横暴なことはしなかったのだが、どうも最近おかしいな。……いや、わかった。私がなんとかしよう」

団長の言葉に、カレンはホッと息を吐いた。団長のような権力者からの言葉であれば、スパム食品店も無視できまい。

すると、笑みを浮かべた団長に「ほかにはないか？」と聞かれる。カレンは慌《あわ》てて首を横に振った。そんなにお世話になるわけにはいかないし、ほかに困っていることもない。

団長は、「欲がないな」と苦笑した。

「そうか。では、私からもう一つ君に教えておこう。……北の国の守護聖獣は〝シロクマ〟だが、東の国の守護聖獣は〝黒狼《こくろう》〟だ。西の国は〝鵬《おおとり》〟で、我《わ》がヌーガル王国は〝翼を持つ獅子《しし》〟を信仰の対象としている。……召喚獣を従《したが》えるには、日々魔素《まそ》を消費するのだろう？　すでにそんなに大きな聖獣を召喚している君が、それ以上聖獣を召喚できる力を持っているとは思わないが、万が一また召喚する時は、気をつけた方がいい」

神から特別な魔法を授《さず》けられたカレンには、どうやら魔素《まそ》の消費も関係ないらしい。

親切心いっぱいのその忠告に、カレンの顔は見事に引きつった。すでに手遅れです、とはとても言えない彼女だった。

「守護なんて、そんなことをした覚えはない。だいたいヌーガル王国なんて名前も、ここに来てはじめて聞いたんだぞ」

カレンの隣を歩くアスランは、ムスッとしながらぼやく。

団長の邸《やしき》を訪れてから一ヵ月後。カレンたちは、今まで通り平穏にお弁当屋さんをやっている。

配達帰りの途中、注意してみればそこかしこに〝翼を持つ獅子《しし》〟の意匠《いしょう》があった。自分がこの国の守護聖獣だと言われたアスランは不機嫌そうだ。

「崇《あが》め奉《たてまつ》られて嬉しいのかと思ったら、違うの？」

俺さまなアスランなら、人間の王国の守護聖獣として信仰されれば喜ぶのではないか、とカレンは思っていた。

「人間なんかに祀《まつ》られたって、嬉しいものか。カレン以外の人間の好意など、俺には必要ない」

きっぱり言い切ってしまえるのもまた、アスランらしい。彼はいまだに、カレン以外の人間には、敵意を向けても好意を向けることはない。これはこれで問題だろう。

そしてほかの聖獣たちもアスラン同様、カレン以外の人間とはあまり関わろうとしなかった。団長の娘さんに気に入られたカムイだけは、定期的にお弁当の注文と一緒に邸《やしき》に呼ばれ、娘さんと遊んでいる。しかしウォルフなどは、必要な時以外は、家から出ようとさえしなかった。

(アウルはたまに、フラフラ出かけているみたいだけれど……顔見知り程度の知り合いはいても、誰かと仲よくなったとは聞かないのよね)

よくも悪くも、アスランたちの興味関心はカレンだけに向けられている。ほかに対しては欠片《かけら》も向かなかった。

(まあ、これぱっかりは、みんなの気持ちの問題で、私が強制するわけにもいかないか……)

いくらカレンが彼らの主《あるじ》だとしても、無理やり人間と仲よくしろと彼らに命令することはできない。人の持つ価値観は様々で、自分の考えを相手に強制してはならない、とカレンは思っている。ましてやアスランたちは聖獣だ。その価値観が人間と同じはずがない。

(私は、友達も知り合いもたくさんいて、賑《にぎ》やかな方が絶対楽しいと思うけれど、そうでない人だっているものね。……なんにしても、アスランたちが幸せでいてくれるなら、

それでいいわ）

　いろいろと頭を悩ませてはいるものの、カレンの思いは、最終的にいつもそこに辿り着く。

　今日も同じ結論に至って、顔を上げ――カレンは目を丸くした。

「え？」

「どうした、カレン？」

「アスラン、あそこ。……あの、うちの店の道を隔《へだ》てた、はすむかいのお家《うち》の塀の陰」

　カレンは、こっそり指をさす。二人は店のすぐそばまで来ていた。

　カレンの示す方へ目を向けたアスランは、たちまち眉間にしわを寄せる。

　そこには、塀の陰から店の中を覗《のぞ》いている怪《あや》しい人物がいた。大きなマントを羽織《はお》り、フードをかぶっている。

「なんだ、あいつ？」

「うちに用かしら？」

「それなら、あんなふうにこそこそと覗《のぞ》いてなんかいないだろ」

　眼差《まなざ》しを険《けわ》しくし、アスランは足早にそちらへ向かう。

　丁度そのタイミングで、店を覗《のぞ》いていた人物が、カレンたちの方を振り返った。フードの中から、怯《おび》えた小鹿のような目がこちらを見る。

「え？」

思わずカレンは声を漏《も》らす。

驚いたことに、その人物は女性だった。色白丸顔で、どことなく幼く見える。カレンと目が合った彼女は、体をビクッと震わせて、慌《あわ》てて逃げていく。

「あ！　おいっ」

アスランが声をかけたが、止まることなく彼女は駆けていった。

「……行っちゃったわね」

ただ単に遠くから店を覗《のぞ》いていただけの女性を、それ以上追いかけるわけにもいかない。カレンとアスランは、彼女の後ろ姿を見送る。

「本当に、なんだったのかしら？」

カレンが首を傾《かし》げたその時、店からひょいっとアウルが顔を出した。

「あ、お帰り。……どうしたの？　そんなところに突っ立って」

「ああ。いや、今ここに不審な女がいたんだが、気がつかなかったか？」

「へぇ～？　俺、ずっと店番していたけれど、気がつかなかったなぁ……誰だろう？

俺のファンかな」

軽い調子でアウルが首を傾《かし》げる。

「そんなわけがあるか！」

「いやいや、十分ありうる話だろ」

ムッと不機嫌になるアスランと、軽口で返すアウル。

「気にする必要なんかないだろう。俺たちがいるのに、人間が手出しできるはずもないし」

「……それは、そうだが」

結局、そう結論付けて、この件は終わったかに見えたのだが――

それから七日。

「今日も来ているわね」

「……いったい、あの人間の女は何がしたいんだ？」

あの日から、カレンはたびたびその女性を見かけていた。

しかも、いつもだいたい同じ時間に、同じ場所から店を覗《のぞ》いているのだ。一度見つけてしまったら、気づきやすくなる。

「マントの色だけは、毎日変えているみたいだけれど」

カレンの言葉に、アスランが首を傾《かし》げる。

「あれで、変装しているつもりなのか?」

なんとも微妙な女性だった。

アスランはしばらく彼女を見ていたが、ふいっと顔を背《そむ》ける。

「放っておけばいい。実害はないのだから」

そう。女性は、毎日決まった時間帯にジッと店を見つめるだけ。そして何もせずに帰っていく。このところ観察した結果わかったことだ。

しかし、実害があろうとなかろうと、気になるものは気になる。だから今日こそは、とカレンは思っていた。

「アスラン、打ち合わせ通りにね」

「本当にやるのか?」

男であれ女であれ、アスランはカレンが自分以外に興味を向けるのを面白く思わない。

なんだか不満そうだ。

「当然よ。お願いね」

それでも、カレンの〝お願い〟に弱いアスランは、渋々《しぶしぶ》とではあるが動きはじめた。

その様子を確認して、カレンは裏口から店を出る。そして塀の陰にいる女性に近づいた。

気づかれないようにそ～っとそばに寄り、小さな声で話しかける。

「うちのお店に何か御用ですか？」

熱心に店の中を覗《のぞ》いていた女性は、驚いてピョン！　と、跳び上がった。そして焦ってカレンを振り向く。

「あっ、あ！　あのっ」

女性の白い肌が、茹《ゆ》でだこみたいに真っ赤になる。

「……ごっ、ごめんなさいっ！」

謝るなり、彼女は逃げ出した。

予想通りの反応に、カレンは落ち着いてその後ろ姿を見送る。

女性が角を曲がって姿が見えなくなったところで、「キャァッ!!」という叫び声が聞こえた。

実は、そちらでアスランが待ち伏せしていたのである。

首尾よく、アスランは女性を捕まえてくれたのだろう。そう確信しながら、カレンは自分の店の方を振り返った。

（いったい、何を熱心に見ていたのかしら？）

そこにあるのは、いつもの店の風景だ。

店先はあまり広くなく、二メートル幅のガラスのショーケースがでん！　と鎮座《ちんざ》している。早朝にはたくさん商品が並んでいたショーケースも、昼過ぎの今はほとんど空《から》っぽだ。

店の中では、アウルが頬杖をついて居眠りをしていた。

首を傾《かし》げ、目を細め、ジッと店を見るカレン。

やがて——

「あ～っ！」

カレンは大声を上げる。

眠りこけていたアウルが、ガクッ！と頬杖を外す。慌《あわ》てて飛び起き、キョロキョロ周囲を見回した。

「何を騒いでいる？」

無事マントを着た女性を確保して、ズルズルと引っ張りながら、アスランが近づいてくる。

「わかったのよ！彼女が何を見ていたのか」

確信に満ちたカレンの声に、マントの女性は力なくその場にへたりこんだ。

その後、店の奥に場所を移し、カレンたちはあらためて女性と向き合った。

マントを脱いだ彼女は、栗色の髪のいたって普通の女性だった。項垂《うなだ》れながら椅子に座る姿は、なんだかこちらがいじめているようで申し訳なくなる。

彼女の前にはカレンが、カレンの横にはアスランが座っていた。

ほかのみんなには、席を外してもらっている。背の高いイケメン男性たちに取り囲まれては、彼女が話せなくなるだろう、というのが理由の一つ。

（まあ、それは建前で、本当の理由は別だけど……）

本当はアスランにも席を外してもらいたかったのだが、それは頑として頷《うなず》いてもらえなかった。

「カレンに何かあったら、俺は人間すべてを滅《ほろ》ぼす自信がある」

そんな自信など持ってほしくない。

男性が恋人を想う情熱的な比喩《ひゆ》表現だと思ったのだろう。アスランのセリフを聞いた目の前の女性は、一瞬目を蕩《とろ》けさせて、羨《うらや》ましそうにカレンを見てくる。

比喩《ひゆ》でもなんでもなく、アスランは間違いなくその言葉を実行する。そうわかっているカレンは、笑みを引きつらせて女性を見返した。

悄然《しょうぜん》として座りながら、でも時々店の中のあちこちに、興味深そうに視線を向ける女性。

どう言おうかと考えて——カレンは、単刀直入に聞くことにした。

「アウルが、好きなんですか？」

「……はっ？」

大きな疑問符をつけて聞き返してきたのは、アスラン。

女性は、先ほどカレンが「わかった」と言っていた時から覚悟していたのか、真っ赤になりながらも小さな声で「はい」と返事した。

「へ？　え？　なに？　……アウルが好きぃ!?」

アスランはひっくり返った声で叫ぶ。

「そうよ。彼女はいつもアウルを見ていたのよ。あの塀の陰からは、店番をするアウルがとってもよく見えるの」

何の変哲もない、どこにでもありそうな店先の風景。その中で唯一目立つものといったら、それはアウルだけなのである。それに思い出してみれば、彼女が店を覗《のぞ》いていたのは、アウルが店番に立っている時間帯だけだった。

信じられないと目を瞠《みは》るアスランと、恥ずかしさに耐え切れないとばかりに両手で顔を覆《おお》い、下を向く女性。

それから落ち着いてきたところを見て話を聞けば、彼女は隣町にある食堂の店員だった。

一日二食が普通のこの世界では、食堂も朝と晩に開店し、昼間は休憩時間となる。十日ほど前、休憩時間にフラリと外に出た彼女は、丁度配達から帰ってきたアウルを見かけたのだそうだ。

「もうっ！　なんていうか、雷に打たれたような気がしました。彼を見た途端、目の中に光が飛びこんで、彼の周りが色鮮《いろあざ》やかにきらめいて見えるんです！」

興奮しながらアウルとの運命の邂逅《かいこう》を語る女性。

「……それって、あいつの髪の毛に目が眩《くら》んだだけじゃないのか？」

アウルの髪は、派手な虹色だ。あの髪をはじめて見たら、確かに目がチカチカするだろう。

しかし、ポツリと呟《つぶや》かれたアスランの言葉など、女性の耳に入らなかったらしい。彼女はなおもアウルへの想いを熱く語る。

「間違いなく男の人なのに、今まで見た誰よりもキレイでカッコよくって。おしゃれだし……それに、目が合ったらニコッて、笑いかけてくれたんです。……もう、胸がドキドキしすぎて死んじゃうって思いました」

両手を胸の前で組み、うっとりする女性。

「……まあ、あいつは、誰かれかまわず愛想だけはいいからな」

アスランの呟《つぶや》きは、またしてもスルーされる。

女性はそれから延々と、アウルがどれほど素晴らしいかを話し続けた。

ついには、通りすがりに姿を見るだけでは我慢ができなくなり、彼女はアウルの後をつけることに。そしてこの店を知って、こっそり覗《のぞ》き見をはじめた、という状況らしい。

カレンは大きなため息をつく。

「でも、それっていけないことでしょう。……あなただって自分の知らない誰かが、こっそり自分をつけたり、ずっと見ていたりしたら、嫌よね？」

カレンの指摘に、女性はがっくりと項垂《うなだ》れた。

「はい。……すみません。もうしません」

彼女はこの世の終わりのような悲しげな顔で謝る。

少し不思議になって、カレンは聞いてみた。

「ねぇ、どうしてその気持ちをアウルに告白しないの？」

「こ、こ、こ、告白っ!?」

鶏《にわとり》のように、コ、コ、とさえずり、女性はまた真っ赤になる。そして彼女はブンブン！と勢いよく首を横に振った。

「そ、そんなっ！　できません！」

「どうして？　アウルなら喜んでくれると思うけど」

カレンは、アウルが女の子から告白されている場面を何回も見ている。いつだってアウルは、「ありがとう」と言って嬉しそうに笑っていた。

まあ、だからと言って、アウルがその女の子と付き合う、なんてことはないのだが。

聖獣の彼には、「お付き合い」はさほど魅力的《みりょくてき》ではないらしい。

「……だ、だって……私」

プルプルプルプルと首を横に振り続けながら、女性は涙目になる。

彼女が首を振るたびに、白く柔らかなほっぺたが揺れた。

「だって！　……私、太っているんですもの！」

——色白で丸顔な女性は、世に言うぽっちゃり体型。腕も足もカレンより二回りは大きそうだ。

「そんなの、アウルは気にしないぞ」

アスランたちにとって人間の区分は、カレンかカレン以外かの二種類だ。体型なんて、正直どうでもいいらしい。

「私が、気にするんです！　あのキレイなアウルさんの隣に、こ、こんな、太った私が並ぶなんて、ありえません！」

アスランは、理解不能とばかりに匙《さじ》を投げる。

彼女の気持ちがわかるカレンは、どうしようかと考えこんだ。

聞けば、食堂で働く彼女の食事は、朝晩食堂の賄《まかな》い飯。高カロリーの食事を毎日急いで食べていたら、太ってしまったそうだ。

涙ながらの彼女の話に、カレンはピン！　と思いつく。

「ダイエットよ！　ダイエットしましょう。……私、ダイエット弁当を作るわ！」

カレンは高らかにそう叫んだ。


翌日の昼前。いつもより早く配達を終えたカレンは、キッチンで腕まくりをした。

「ダイエット弁当の基本は、カロリーを抑えながら、どれだけ満足感を与えられるかなのよ」

右手にキャベツ、左手に鶏のササミを持ちつつ、カレンは力説する。

どんなにカロリーを減らしても、そのお弁当で満足できなければ、人は別の食べ物に手を伸ばしてしまう。それではダイエットが成功するはずもなかった。

「アウル、キャベツの半分を千切りにして。ウォルフはササミを観音開《かんのんびら》きにして。キャベツの入ったチキンロールを作るわよ」

千切りしたキャベツを少量の塩と水でもんで歯ごたえを残せば、食べごたえのあるおかずにすることができる。ササミはカロリーが低いし、ダイエットにうってつけの食材だった。

「アスラン、キャベツの残り半分をニンジンと一緒に少し太めの千切りにしてから、辛子マヨネーズとあえて」

マヨネーズは高カロリーだが、辛子と合わせれば使う量はほんの少しですむ。しかもこの世界にはマヨネーズがなく、弁当屋で使っているのはオリーブオイルが入った自家製のもの。新鮮でコクのある、箸休めに丁度いい一品になるはずだ。

「カムイ、ひき肉にキノコをまぜてミートボールを作って。フライパンで焼いてから、トマトで煮込むの。……あと、ご飯は玄米にしてね。白米より玄米の方が腹持ちがよくて、ダイエットするなら断然玄米なのよ！」

次から次へと指示を出すカレン。

その様子に、アウルとアスランはあきれ顔になる。

「なんだか、ずいぶん張りきっていないかい？」

「……ダイエットは、乙女の永遠の課題なんだそうだ」

「アウル！　アスラン！　おしゃべりは手を止めずにやって！」

熱血カレンに引きずられ、聖獣たちはいつも以上に働いた。

やがてできたのは、キャベツの緑とトマト煮の赤が彩《いろど》り鮮《あざ》やかなダイエット弁当だ。

「美味《うま》そうだな」

弁当を前に、アスランはごくりと唾を呑む。

「もちろんよ。ダイエットを成功させるためには、何より長続きさせることが肝心なの。美味《おい》しくないものなんて、続けられるはずがないわ」

我ながら大満足のダイエット弁当のでき上がりに、カレンはニンマリ笑う。

「さあ！　このお弁当を配達するわよ。アウル、ついてきて」

「へ？　俺？　アスランじゃなく」

アウルはキョトンとする。

「そうよ。記念すべきダイエット弁当第一号は、アウルに運んでほしいの」

カレンと一緒に行くのは自分だ、といつも主張するアスランまで「早く行け」とアウルを急《せ》かす。彼はますます不思議がる。

「さあ、行くわよ」

「なんで、俺？」

何がなんだかわからぬアウルを引っ張って、カレンは出かけたのだった。

カレンの向かった先は、昨日まで店を覗《のぞ》いていた女性の勤める食堂だ。

休憩時間中の店の従業員控室で、アウルはカレンに促《うなが》され、女性にお弁当を手渡す。

彼女は、感激で泣きそうになっていた。

「こんなに近くで見られるなんて……そっか、覗《のぞ》きなんてしないで、お弁当を注文すればよかったんだ」

気づくのが遅すぎだろう、とカレンはあきれる。

「覗《のぞ》き？」

首を傾《かし》げるアウルに、女性は手をぶんぶんと振る。

「い、いいえっ！　なんでもないです」

「ま、いいや。それより早く食べてみて。けっこうがんばって作ったんだよ」

アウルに勧められ、女性は渡されたダイエット弁当を開ける。そして目を輝かせると、

「わぁ～！」と歓声を上げた。

「美味《おい》しそう！」

「モチロン、最高に美味《おい》しいよ。……あ、俺が作ったのは、そのササミロールだから」

言われるままに女性は、ササミロールを口に入れた。よく噛《か》んで、ゆっくり味わう。

「……美味《おい》しい」

「ありがとう」

アウルはニッコリ笑った。

その笑みを見て、女性の顔はますます赤くなる。恥ずかしそうにうつむいて……やがて、決心したように顔を上げた。

「ア……アウルさん！　私、このお弁当を食べて、朝と夜は食事を抑えて、がんばってダイエットします。……だ、だから、私がダイエットに成功したら、お友だちになってくれますか⁉」

勇気を振り絞《しぼ》って告白する女性。

アウルは――「う～ん」と考えこんだ。

「ゴメン。俺、気長な方じゃないから、そんなに待てないや」

そう言って、あっさりと断ってしまう。

「……あ、あ、あ……そうです、よね」

軽い調子のアウルの返事に、女性はガックリと項垂《うなだ》れた。

ここまでお膳立《ぜんだ》てをしたカレンは、あちゃ～と頭を抱える。いくらなんでもそんな言い方はないだろう、とアウルを怒ろうとした。その時――

「だから、そんな先じゃなくて、今、友だちになろうよ？」

女性の顔を覗《のぞ》きこんで、アウルが笑う。

彼女は、ポカンと口を開ける。

「わ、私と？　今？　そんなっ……今の、この太った、私なんかでいいんですか？」

「うん？　俺と友だちになってほしいって言ったのは、君だよね？　今じゃダメなの？　……まあ、俺は、人間が太っているかどうかなんか、よくわからないんだけれど……ただ、カレンを見ていてね、がんばっている人間はいいかなって思ったんだ。君はこれからダイエットとかいうやつをがんばるんだろう？　だったらがんばった後じゃなく、がんばっている君と友だちになれたらいいな」

極彩色《ごくさいしき》のアウルの髪が、言葉と一緒にフワリと揺れる。

女性は、リンゴみたいに顔を赤くした。

「君、名前は？」

「……………ミ、ミアムです」

「ミアム、君にぴったりの可愛い名前だね。……これからよろしくね、ミアム」

そう言って笑うアウルは、カレンもびっくりするほど色っぽい。

「はいぃぃっ！　私、私……がんばりますっ！　絶対、ダイエット、がんばります！」

「うん、がんばって、うちのダイエット弁当を買ってね」

なんだか微妙にずれている様子の、アウルとミアム。それでも、アウルが彼女と友だちになると言ったのは前進だろう。

いろいろと思うところはあるものの、まあいいか、と微笑《ほほえ》むカレンだった。

第五章　「孤児院とお花見弁当」

アウルとミアムが友だちになって半月。ありがたいことに王都の女性の間で広まった口コミにより、ダイエット弁当が流行している。今まで以上に忙しい日々の中、カレンの店に、騎士のルーカスが訪ねてきた。

「へぇ～、ここがカレンちゃんの店か」

いつも外門で会うルーカスがわざわざ店にまで来たのは、今日がはじめてだ。偶然店先にいたのは、カレンとアスランである。

「何の用だ？」

せっかくの初来店なのに、アスランは愛想の欠片《かけら》もない顔でルーカスを睨《にら》みつける。

「もうっ、アスランったら！」

眉を吊り上げるカレンに、ルーカスは明るく言う。

「いやいや、俺は気にしないぞ。いつも通りの潔《いさぎよ》いシスコンぶりで、気持ちいいくらいだ」

「俺とカレンは兄妹《きょうだい》じゃない！」

アスランに怒鳴《どな》られて、「ワハハ」とルーカスは笑う。彼もたいがい大物かもしれない。

「それより、今日は何のご用ですか？」

何かあったのかと心配するカレンの問いに、ルーカスは照れたように頭を掻く。

「ああ、うん。団長から、カレンちゃんの作ったキャラ弁当が、すごくいいと聞いてな。俺の弟と妹たちにもキャラ弁当ってやつを作ってくれないかと思って、頼みに来たんだ」

どうやらルーカスには、弟や妹がいるようだ。確かに彼は、いかにもお兄ちゃんといった性格である。

「まあ。もちろん、喜んでお引き受けします！」

そんな話ならお安いご用だ。ルーカスにはいつもいろいろと親切にしてもらっている。腕によりをかけてお弁当を作ろう、とカレンは張りきる。

「お届けする日とお弁当の数を教えてください」

弟妹《きょうだい》たちと言うからには、最低二個は必要だろう。それとも三個かしら？　とカレンは思う。

ルーカスは、ホッとしたように笑った。

「よかった。あいつらもさぞかし喜ぶだろう。急で悪いが、明日にでもお願いできるかな？　個数は、十個で頼む」

「じゅ、十個？」

聞いたカレンは、ポカンと口を開けた。

「あ、いや、十一個だったかな？」

ルーカスが、指折り数えはじめる。

「……弟妹《きょうだい》、多すぎだろう」

さすがにアスランも驚いて、あきれた声で呟《つぶや》いた。

大柄な騎士は、照れたようにポリポリと頭を掻く。

「ああ。いやぁ、言っていなかったか？　俺は、孤児院出身なんだ。弟妹《きょうだい》っていうのは、孤児院の子供たちのことだ」

はじめて聞いた話にカレンとアスランは目を丸くする。

いくら戦《いくさ》のない平和な時代といっても、様々な事情で親を亡くす子供はいる。当然、孤児院もあって、早くに両親を事故で亡くしたルーカスは、そこで育ったのだという。

「十五歳まで孤児院にいて、十六歳で成人の儀を終えると同時に、軍に入ってな。この体格だから、同期の中じゃ俺が一番の出世頭《しゅっせがしら》だ。まあ、とはいってもしがない門番だが。……孤児院には、育ててもらった恩があるからな、寄付と差し入れはこまめにするようにしているんだ」

親切で面倒見のいいルーカス。彼のそんな性格の根底には、孤児院で育ててもらったという感謝の念があるのかもしれない。

明るく笑うルーカスを、カレンは尊敬の眼差し《まなざ》しで見上げた。

「立派です。ルーカスさん」

「ああ？　いや、そんなことない。普通だよ」

照れて、荒っぽい仕草で頭を掻く騎士。彼のためにも、うんと可愛いお弁当を作ろう、とカレンは決意した。

そしてルーカスが帰ると同時に、カレンはバタバタと動きはじめる。

なんと言っても十一個なのだ。のんびりなんてしていられない。

「そうだわ！　丁度作っていたパン種を使って、パンを焼こう！」

この国のパンは黒くて硬いパンが一般的。ふわふわの白いパンもあることが最近わかったのだが、隣国から輸入できるイーストが高いらしく、高級品扱い。普通の人が気軽に買えるものではない。はじめて白いパンを見つけ、嬉々《きき》として値段を見たカレンは、あまりの高さに目玉が飛び出るかと思ったくらいだ。

とはいえカレンも時々はパンを食べたくなる。どうしようかと考えて、以前テレビ番組で、自家製天然酵母《こうぼ》を使ったパン作りを見たことを思い出した。

「テレビでは、ブドウとリンゴを使っていたのよね」

天然酵母《こうぼ》を作るのは時間はかかるが、温度管理さえしっかりすれば決して難しいものではない。ウォルフに糖度の高い果物を用意してもらい、アスランに温度管理をしてもらって酵母《こうぼ》液を作り、そこからパン種を作った。そして、自家製天然酵母《こうぼ》パンを完成させたのだった。

もちろん、最初から上手くいったわけではない。パンの発酵は温度と湿度管理が重要で、素人《しろうと》のカレンがフワフワなパンを焼くためには何度も試行錯誤《しこうさくご》を繰り返した。

「まあ、どんな失敗作でも、アスランたちは美味《おい》しいって言って、喜んで食べてくれたけど」

パンというもの自体を食べたことのなかった聖獣たち。彼らは、発酵不足で少し硬めのパンや焼きすぎて焦《こ》げたパンなど数々の失敗作を、ものすごく感動して食べてくれた。その喜びようは、食べさせたカレンが申し訳なくなるほどだった。おかげでカレンは、何がなんでもパン作りを成功させて、フワフワなパンを彼らに食べてもらおうと、努力を続けられたのだ。

町に引っ越してから一年ほど。彼らのおかげでパンにありつけるところまでやってきたのである。

今やカレンの作るパンは、お店に出せるレベルにまでなった。

とはいえ、カレンが作った天然酵母《こうぼ》が注目を浴びて、隣国との関係に影響が出ては困る。そのためパンは家の中で食べるだけに留めていたが、孤児院に差し入れするくらいなら大丈夫だろう。

「ジャムやカスタードクリームを入れたキャラパンと、野菜やハム、それに卵を挟んだサンドイッチも作ろう！」

そうと決まれば、善は急げだ。カレンは聖獣たちを集めて言う。

「ウォルフ、アウル、パン生地をこねるのを手伝って。アスランは温度管理、カムイは湿度管理をお願い！」

笑顔で腕まくりするカレンに、苦笑しながらも動きはじめる聖獣たちだった。

そして、翌日。竹を編んで作った大きなバスケットに、カレンは山ほどのキャラパンとサンドイッチを詰めこむ。おかずが入った十一個の小さな弁当箱も持って、彼女は四人の聖獣たちと一緒に孤児院へ向かった。

案内役はもちろんルーカスだ。

「いいのか？　店を空《から》っぽにして、みんなで来てしまって」

　申し訳なさそうに、ルーカスがたずねてくる。

「大丈夫です。今日の分のお弁当はみんな配達済みですし、アスランたちは荷物を運んでくれるだけで、すぐに帰る予定ですから」

「荷物くらい、俺が持つのに」

　ルーカスは眉尻を下げる。

「今日のルーカスさんはお客さまです。そんなことをさせられません」

　きっぱり言って笑うカレン。

「お前になんか、カレンの作った大切な弁当を持たせられるものか」

　アスランの暴言にも、ルーカスは申し訳なさそうにした。

（そんなに気にしてくれると、こちらも申し訳なくなっちゃう）

　アスランをたしなめながら、カレンはそう思う。

　実は、今日カレンがアスランたち全員に一緒に来てもらったのには、お弁当を運ぶのとは別の目的があった。

　人型になるだけではなく、獣体の大きさや見かけも変化させることができる聖獣。カムイが騎士団長マルティンの邸《やしき》で聖獣の幼体になったように、ほかのみんなも可愛い幼体になることができるのだ。

アスランは仔猫、アウルはフクロウ、ウォルフは仔犬になれる。

(子供って、仔猫や仔犬が大好きだもの！　みんなが小さな姿で遊んであげれば、喜んでくれるわよね)

イメージは移動動物園のようなもの。可愛い小動物（ただし聖獣）と戯《たわむ》れて遊ぶ子供たちの笑顔が見たいのだ。

「しかし、幼体であっても、俺たちの姿を見せるのは危険ではないか？」

カレンがこの計画をみんなに話した時、カムイはそう言って心配した。騎士団長のマルティンから、幼体とはいえ聖獣を連れ歩かない方がいい、と注意されているせいだろう。

「大丈夫よ。相手は子供だし。それに最近は、聖獣の姿を見た人もほとんどいないんでしょう？　ただの仔猫や仔犬を聖獣だと思う子供なんていないわ」

要するに、ルーカスやほかの大人の前に姿を現さなければいいだけだ。お弁当を食べてもらったあとで、ちょっと子供たちからお弁当の感想を聞きたいと言えば、きっと、カレンと子供たちだけの時間を作ってもらえるだろう。

だから、彼らには一度帰ったフリをして、孤児院のすぐそばで控えていてもらいたいのだ。

「絶対、ムリはしないわ。ダメそうなら諦めるから」

カレンに「お願い」と言われれば、イヤとは言えないアスランたちだった。

そんなことを思い出し歩いていた道すがら――

「――そういえば、孤児院って普段はどなたが管理しておられるんですか？」

ふと気になって、カレンはルーカスにたずねる。

「ああ。孤児院の運営自体は国がしているんだが、直接の管理は国から委託された者がやっている。たいていは貴族のご夫人で、これから行くところの管理者はジェネ夫人だ」

孤児院の管理は、はっきりいって慈善活動だ。国から援助は出るが、仕事のたいへんさに見合う報酬はない。つまり、余程の人格者でもなければできない仕事で、それゆえに高貴な貴族のご夫人のステータスシンボルとなっているらしい。

ジェネ夫人は、御年六十歳。ルーカスが孤児院に入った二十年前からずっと孤児の世話をしているそうだ。

「お可哀相なことに、夫人は五年前にご夫君《ふくん》を病気で亡くされてな。一時は王都を離れ、領地に帰ろうと思われたそうだが、彼女を慕《した》う孤児たちに引き止められて、留まってくださった」

未亡人となった彼女を夫人と呼ぶのは間違いかもしれないが、呼び慣れているならそのままでいいと、彼女は言ったらしい。

「優しい方なのだ」

ルーカスはしみじみと呟《つぶや》く。

そう言うルーカスの表情こそがとても優しくて、カレンはわかってしまった。

「ルーカスさんにとって、ジェネ夫人は、お母さんみたいな方なんですね」

「えっ！　あ、いや。……俺ごときが母と慕《した》うだなんて、そんな失礼なことはしない」

焦って否定するルーカス。その顔は赤く、強面《こわもて》が狼狽《ろうばい》で崩れている。

「お優しい方なんでしょう？　ルーカスさんがお母さんのように思ってくれているって
わかったら、きっと喜んでくださいますよ」

「あ〜、その……うん……カレンちゃんには、敵《かな》わないな」

気持ちを見透《みす》かされたルーカスは、ボリボリと頭を掻いてうつむいた。

「当たり前だ。お前ごときがカレンに勝てるわけないだろう。……そして、近すぎだ！

カレンからもっと離れろ」

大きなバスケットを抱えたアスランが、カレンとルーカスの間に割りこむ。そして遠
慮なく蹴って、ルーカスを後ろに追いやった。

しかもルーカスは、その後さり気なく、アウルやウォルフ、カムイにまで小突き回さ

れる。

「相変わらず、揺るぎないシスコンぶりだな！」

「俺とカレンは、兄妹《きょうだい》じゃない！」

いつもの二人のやりとりに、カレンはクスクス笑いながら孤児院を目指したのだった。


辿り着いた孤児院で、カレンは子供たちに大歓迎を受けた。

「いらっしゃい！」

「うわっ！　すっごい荷物」

「イイにおい！　ねぇ、ねぇ、これってなに？」

「いっぱい、いっぱい、だね？」

「……お姉ちゃん、ルーカス兄ちゃんの彼女？」

幼稚園児から小学生くらいの子供たちが全部で十一人。男の子も女の子もわあわあと揃《そろ》って喋《しゃべ》りかけてくる。そのせいでカレンは一人一人の言っている内容を聞き取れない。

「ばか！　お前ら、変なことを言うな！　俺が、シスコン兄貴たちに殺されるだろう！」

しっかり聞き取れたルーカスは、焦って子供たちを怒鳴《どな》りつけた。そして慌《あわ》てて、キョロキョロと窓の外を見回す。アスランたちの姿がないことを確認したのだろう。彼らは先ほど、孤児院の前でお弁当を置いて帰っていった。

この場にいるのが自分とカレンと子供たちだけだと確かめた途端、ルーカスはホッと息を吐いた。

「殺される？」

カレンが問いかけると、ルーカスは首をぶんぶんと横に振る。

「いやいや、なんでもないって！　そ、そうだ！　弁当！　……お前らっ、今日はものすごく美味《おい》しいものを食べさせてやるぞ！」

ルーカスの言葉に、子供たちはキャアキャアと、歓声を上げる。

大騒ぎに巻きこまれたカレンは、ルーカスの発言をすっかり忘れ、子供たちの対応に追われることになった。

「――みんな手を洗って、テーブルに座って。順番にお弁当箱を配るから、一緒に食べてね。テーブルの中央に置いたパンは、好きなものを取っていいけれど、一度に一個ずつ。いっぺんにいくつも取っちゃダメよ」

カレンの注意に、子供たちは「は～い！」と大きな声で返事をする。

みんな元気でとてもいい子たちばかりだった。

カレンは食堂できちんと席についた子供たちに手際よくお弁当を配り、テーブルの真ん中にキャラパンとサンドイッチを置く。

「うわぁ〜！」と、歓声の声が上がった。

「さあ、どうぞ召し上がれ」

カレンの言葉に、子供たちはいっせいに手を伸ばす。

「すっげ！」

「可愛い！」

「キレイ！」

「ふっかふっかだ！」

「――美味《おい》しい!!」

大声で叫びながらも、子供たちは夢中になって、パンとお弁当を食べはじめる。

全員の笑顔に、カレンはホッとした。

「……スゴイな、あのパン。白くてふわふわのパンって、材料が高いんじゃないか？」

「はい。でもうちで使っているのは手作りなので、そんなにお金はかかってません。お金は心配しないでください。けど――企業秘密のものなので、売るつもりもないんです。この件は内密にしていただけますか？」

「そういうことなら、わかった。黙っていよう。だが……俺も食べたかった」

羨《うらや》ましそうなルーカスに、カレンは思わずプッと噴き出してしまう。

「次のお弁当は、ルーカスさんだけ特別にサンドイッチ弁当にしますね。内緒ですよ」

「ぜひ、頼む！」

食いつきそうな勢いのルーカスと顔を見合わせ、カレンはクスクスと笑った。

それにしてもと、カレンは周囲を見回す。

「大人の姿が見当たりませんね？　こんなに大勢の子供たちがいるのに、世話をしてくれる大人はいないんですか？」

小学校か幼稚園の教室みたいな孤児院の部屋。しかし、中にいるのは子供たちばかりで、大人の姿は見えない。孤児院の建物は普通の家屋よりも大きく、日本で言う児童館みたいな感じだ。先刻お弁当を運んだ時も、この部屋でも、カレンはルーカス以外の大人に会っていなかった。

（まあ、ルーカスさんもいるし、お弁当を運んできた業者なんかとわざわざ会う必要はないんだろうけれど）

子供たちの中には、まだ三、四歳といった幼児もいる。一番手のかかる年頃の子供たちに大人がついていないなんて、信じられなかった。

「あ、ああ。基本、小さい奴の面倒は、年長の奴らが見ることになっているからな。……

「それにしても、普段は誰かしらついているもんなんだが――」

　ルーカスも不審そうに首を捻《ひね》る。

　確かに、十歳以上と思われる子供たちは、小さな子がこぼした食べ物を拾ってやったり、口を拭いたりと、甲斐甲斐《かいがい》しく面倒を見ていた。それでも、子供だけしかいない孤児院の光景に、カレンは違和感を覚える。

「ちょっと様子を見てくる」

　同じ思いなのだろう、ルーカスが立ち上がった。その時――

「まあ、まあ。たいへんな騒ぎね」

　女性の低い声が響いた。

　途端子供たちがピタリと口を噤《つぐ》む。

　カレンとルーカスは、声のした部屋の出入り口を振り返った。

　そこにいたのは、アッシュグレーの髪を一部の隙《すき》もなく結《ゆ》い上げた年配の貴婦人である。

「ジェネ夫人！」

　ガタン！　とルーカスが立ち上がり、急いで彼女のもとに駆けつける。

「ルーカス、あなたは、もう少し静かに行動できないの？」

大柄なルーカスの半分くらいしかないように見えるほど小さな貴婦人――ジェネ夫人が、不快そうに眉をひそめる。

「あ、あ、……すみません」

ルーカスは、戸惑ったように頭を下げた。大きな体が縮こまる。

「まあ、いいわ。それよりこの騒ぎは、何？」

低い声が、部屋の中に冷たく響く。

「……差し入れです。俺の食べているお弁当というものがすごく美味《おい》しいもので、チビ共に食べさせてやりたくなって――」

ルーカスが半分も説明をしないうちに、ジェネ夫人は彼のそばを離れ、子供たちのテーブルに近づいてきた。

子供たちの肩が、ビクッと震える。

「オベントウ？　聞いたことがないものだけれど……確かに、美味《おい》しそうな料理ね。はじめて見るものばかり。それに、白いパンまで……」

冷たい目でテーブルの上のパンやおかずを見回すジェネ夫人。美味《おい》しそうと言いながらも、その目は少しも和《なご》んでいない。静かになった子供たちを見て、彼女はフッと口元を歪《ゆが》めた。

「ルーカス。あなたは、ずいぶん残酷なことをするのですね？」

「え？　……あ、残酷？」

思いがけないジェネ夫人の言葉に、ルーカスはポカンとする。

夫人は、ルーカスを睨《にら》みつけた。

「そうですよ。この子たちは孤児です。ここにいる間はまともなものを食べさせてもらっているけれど、ここを出たら厳しい世間の中で生きていかなければなりません。ルーカス、あなたのように騎士となって成功する者もいるでしょうが、多くの者は食うや食わずの生活を余儀なくされるでしょう。それなのに、ここでこんな贅沢《ぜいたく》な味に慣れさせて、どうするつもりです？　彼らの未来が、より一層惨《みじ》めなものになるとは考えないの？」

夫人の言葉に、子供たちの表情が悲しげに曇《くも》った。泣き出しそうになって、ギュッと歯を食いしばる子もいる。

ルーカスは言葉を失う。

カレンは……さすがに、聞き流せなかった。

「そんなことは、ありません！」

大きな声を出すカレン。

ジェネ夫人が、今はじめて気づいたというように、カレンを見た。

「……あなたは？」

小さく首を傾《かし》げ、たずねてくる。

「ルーカスさんに頼まれて、このお弁当を作った者です。失礼ですが、今のお言葉は、間違っています」

カレンの強い口調にジェネ夫人は眉をひそめる。初対面で平民の少女が、貴族の夫人に反発するのだ。気を悪くして当然だろう。

夫人が口を開き言葉を発する前に、カレンは声を上げた。

「たとえ将来がどうであれ、家族同然の仲間と一緒に美味《おい》しいものを食べた記憶が、惨《みじ》めなものになるはずがありません。楽しい思い出は、一生の宝物になるはずです。この子たちの将来を助けてくれるに決まっています！」

少なくともカレンは、幼い頃に亡くした両親との思い出で、惨《みじ》めな気持ちになったことなど一度もない。両親がいないのは悲しくても、ならば、今度は自分で温かな家族を家族を作るのだと、励《はげ》みにしているくらいだ。気分が塞《ふさ》ぐ時に切なくなる子がいたとしても、いつか心の糧《かて》にできることもあるだろう。

「むしろ私たちがしなければいけないことは、子供たちにうんと幸せな思い出を、たくさん作ってあげることです」

まっすぐにジェネ夫人を見据《みす》えるカレン。二人は、しばし見つめ合う。

ジェネ夫人の目はグレーだ。どんよりと曇《くも》った空のような重苦しい色。

しかしカレンが見つめるうちに、そのグレーはかすかに揺れ、雲間から差す光のような明るさが、一瞬見えた。

夫人は、目を大きく見開き……突如《とつじょ》頭を押さえて蹲《うずくま》る。

「あ、私は……私も、だって……あ、……なぜ、私は？」

真っ青な顔で体を震わせ、頭を抱え、ブツブツと呟《つぶや》きだす夫人。

「院長先生！」

「先生！　どうしたの⁉」

「ジェネ夫人！」

子供たちも騒ぎはじめる。膝をついてジェネ夫人の様子を見たルーカスは、そっと彼女に手を貸して、立ち上がらせた。

「大丈夫ですか？　お体の具合が悪そうです。お部屋まで送らせてください」

母親を気遣う息子のように、ジェネ夫人を支えるルーカス。

夫人は、力なく頷《うなず》いた。

「カレンちゃん、悪い。俺は夫人をお部屋までお送りしてくる。チビ共の面倒を頼んでいいか？」

ルーカスに頼まれて、カレンは「わかりました」と返事をする。

ジェネ夫人の様子は見るからにおかしい。今の様子もそうだが、そもそもルーカスの話では、夫人はとても優しい人のはず。少しもそんな風に見えないなんて、変だった。

夫人を気遣いながらゆっくりと部屋を出ていくルーカス。

残された子供たちはすっかり気を落として、まだ残っているお弁当を食べる気もなくなったようだった。

「……院長先生、大丈夫かな？」

しかも、子供たちが心配するのは、先ほど自分たちを傷つけたジェネ夫人のことだ。

「先生、ホントは、すっごく優しい人なの」

カレンの隣に座っていた年嵩《としかさ》の女の子が、ポツリと呟《つぶや》いた。

「いつも、ニコニコ笑っていてね」

「あたしたちが、寂しい時は、一緒にいてくれたの」

「いたずらしたら怒られたけど。……でも、謝ればすぐに許してくれて――」

カレンに対して、必死にジェネ夫人を庇《かば》う子供たち。

「なのに……一年くらい前からかな、変わっちゃったの」

「ちょっとずつ話さなくなって。ルーカス兄さんとか、ほかの人とは普通に話していたから、わかりにくかったけど。だんだん僕たちには笑ってくれなくなって」

「最近は、ほかの大人の人にも……」

「院長先生は、大人の人を僕たちから遠ざけて」

さっきまで大人びた表情をしていた少年まで、泣きそうになって声を震わせる。

一年前と言えば、丁度カレンがこの世界に落ちた頃だ。そんなに長い間、子供たちが耐えていたのかと思うと、カレンは胸が潰れるほど苦しくなる。

「院長先生、病気なの？」

「し、死んじゃったりしないよね。……母さんみたいに」

子供たちの中には病気で両親を喪《うしな》った子もいる。

「大丈夫よ！」

たまらなくなって、カレンは大きな声を出し、立ち上がった。

子供たちは、ビックリしてカレンを見る。

「心配ないわ！　ルーカスさんだってついているんだもの。すぐに元気になるわ」

カレンの言葉に、ホッとした表情を浮かべる子供たち。

「ホントに？」

「ホントよ。きっと、前みたいに優しく笑ってくれるようになる。……だから、みんなも元気を出して！　とりあえず、残っているお弁当を食べましょう！」

カレンの言葉に、子供たちはあらためて目の前のお弁当を見た。色とりどり、カラフルなお弁当は、美味《おい》しそうに子供たちを誘う。

「……そうだよ」

「そうだよね」

互いに元気づけるように声をかけあうと、子供たちはおずおずとお弁当のおかずを口に入れた。パンに手を伸ばし、かじりつく子もいる。

「美味《おい》しい」

笑う子も出てきたが、中にはまだ悲しそうに下を向く子もいる。

どう元気づけようかと、カレンは悩む。その時、開いていた窓からフワリと一羽のフクロウが部屋に飛びこんできた。

「あっ！」

「うわっ！」

バサバサと羽《は》ばたいたフクロウは、カレンの目の前のテーブルに下りる。

「アウル！」

カレンは思わず、フクロウ姿の彼の名を呼ぶ。

フクロウは、器用にパチリと片目をつぶった。

「スゴイ！　お姉ちゃんの鳥さん？」

ワッと沸《わ》き立つ子供たち。

次の瞬間、同じ窓から赤い仔猫と黒い仔犬が飛びこんできた。

「アスラン！　ウォルフ！」

「きゃあぁぁっ！　可愛い！」

「ニャンコとワンワン！」

可愛い仔猫と仔犬の姿に、子供たちは歓声を上げる。

一方、カレンはビックリしていた。聖獣たちの登場は、食事が終わった後でルーカスに席を外させて、カレンが合図してからの予定だ。確かに意図せずルーカスはいなくなったが、どうしてみんなはこんなに早く来たのだろう、とカレンは疑問を浮かべる。

仔猫と仔犬、フクロウに子供たちが夢中になっている間に、いつの間にかカレンの横には可愛いシロクマ姿のカムイが立っていた。

ツンツンとスカートのすそを引かれ、カレンは慌《あわ》ててその場に屈《かが》みこむ。

カレンの耳元に口を近づけたぬいぐるみみたいなシロクマは、厳《おごそ》かな声で囁《ささや》いた。

「この孤児院には、〝悪い気〟が溜まっている」

「悪い気？」

「ああ。人間界には時々、人の持つ悪意や嫉妬《しっと》、妬《ねた》みなどという悪い感情が何故か溜まる場所ができるのだ。理由はわからないが、一度溜まった悪い気は、そこにいる人間に取《と》り憑《つ》き、その人間の心の負の部分を引きずり出す」

それを聞いたカレンは、体を強張《こわば》らせた。

「まさか、ジェネ夫人が？」

「ああ。彼女のことは隠れて見ていた。十中八九《じっちゅうはっく》、悪い気に取《と》り憑《つ》かれたのだろう。……人間の悪い感情を操《あやつ》る〝魔獣〟が人間界に出没しなくなってからは、こういった悪い気の溜まる場所も少なくなっていたのだが――」

カムイは難しい顔で考えこむ。とはいえ、その姿はぬいぐるみのシロクマだ。考えこむ姿も、どこか可愛らしく、愛嬌《あいきょう》がある。

しかし今は彼を愛《め》でている場合ではない。カレンはカムイに問いかける。

「どうしたらいいの？」

「大丈夫だ。我ら聖獣は、悪い気を祓《はら》う力を持っている。すでに先ほど、全員でこの場所の悪い気を祓《はら》い終えた」

力強いカムイの言葉に、カレンは心底安堵《あんど》した。

「ありがとう」

「礼には及ばぬ。大切な主《あるじ》が悪い気に触れでもしたら、たいへんだからな」

ぽってりとした体型のシロクマが、とても頼もしく見える。感謝の意をこめ、カレンは思わずカムイを抱きしめようとした。

その瞬間、カレンとカムイの間を、赤い仔猫が通り抜ける。

「あ〜！　クマさん！」

赤い仔猫アスランの後を追っかけていた子供たちが、カムイの姿を見つけた。

「スゴイ！　スゴイ！　クマさんだぁ〜！」

あっという間《ま》にカムイは、突進してきた子供たちにもみくちゃにされる。

その様子に、カレンはポカンと口を開けた。ふと上を見れば、子供たちの手の届かない棚の上に、アスランがのっている。

長い尻尾《しっぽ》を揺らした赤い仔猫は、すました顔で毛づくろいをするのだった。

子供たちに大喜びしてもらえた孤児院からの帰り道。空《から》の弁当箱をわざわざ取りに来てくれたという設定のアスランと並んで、カレンとルーカスは歩く。空《から》の弁当箱を聖獣四人で取りに来るというのはさすがにおかしいので、ほかのみんなにはこっそり先に帰ってもらった。

「すまなかったな、カレンちゃん。子供たちの相手までしてもらって。おかげで、ジェネ夫人は落ち着いたみたいだ」

ルーカスに付き添われて院長室に戻ったジェネ夫人は、気絶するように眠った。しかし、わずか十分ばかりで目を覚ましたという。慌《あわ》ててルーカスが呼んだ医者は、疲れが溜まったのだろうと言った。ジェネ夫人は何故か、孤児院で働いていた人々を突然解雇し、そのためずいぶん忙しかったのだという。

「ジェネ夫人は、どうして自分がそんなことをしてしまったのか、わからないみたいだった。とにかくみんなに謝って、働いていた人たちにすぐに帰ってきてもらうと言っていたよ。ここ最近の出来事は覚えてもいないようで、俺の顔を見て、びっくりしていた」

話しながら、ルーカスも安心したのだろう、ホッと大きく息を吐く。

「よかったですね」

「ああ。チビ共はお弁当に大喜びだったし、今日はいい日だった。ありがとう」

大きく手を振り上げ、グルグル回し、体をほぐすルーカス。その顔は、満足感に溢《あふ》れている。

しかし、彼の手が途中でピタリと止まった。

「しかし、あれは、なんだったんだろうな？」

彼は下ろした手をあごに当て、考えこむ。

「え？」

「チビ共が帰り際に、叫んでただろう？　『猫ちゃんとワンちゃんと鳥さんとクマちゃんによろしく！』って、……いったいなんのことだ？　猫って？」

首を捻《ひね》る大柄な騎士。

カレンが思わずアスランを見れば、赤い髪の青年は、楽しそうに口角を上げた。

そのままカレンとルーカスの間に、体を移動させる。

「そんなものどうでもいい。……それより、お前はカレンに近づきすぎだ！」

そう言うなり、アスランは容赦なくルーカスの体を蹴った。

「うおっ！　相変わらず、怖いくらいのシスコンだな！」

「俺とカレンは兄妹《きょうだい》じゃない！」

いつものやりとりが、王都の街路に響く。

それがとても嬉しいカレンだった。

相変わらず忙しい日々の中、カレンは一本の木に目を留める。

いつもの道が工事中で通れなくて、回り道をした先の公園でのことだった。見つけた木は、太い幹から八方《はっぽう》に枝を伸ばし、たくさんのつぼみをつけている。

周りを見れば、同じ種類と思われる木々が、等間隔で数十本並んでいる。

（え？　ひょっとしてこの木って？）

葉はなく、膨《ふく》らんだつぼみだけが目立つ木は、カレンもよく知るものだ。

「……桜、よね」

ピンク色のつぼみは、一つ二つほころびはじめており、今にも花が咲きそうだ。

異世界とはいえ、同じような食材があるこの世界。桜の木があっても不思議ではない。

そういえば、つい先日までは上着が要るような寒さだったのが、最近ずいぶん暖かくなってきた。カレンがこの世界に来て、一年と三ヵ月が過ぎていた。

「ひょっとして、今は春？　この世界って四季があるの？」

「シキ？」

「気候の変化による季節の移り変わりのことよ。暖かくなったり寒くなったりすること」

突然のカレンの質問に、今日も一緒に来ていたアスランは、考えこみながら答えた。

「一定周期で太陽と月の高さが変化して、それに伴《ともな》い気温や天候が変わるが……それのことか？」

カレンはびっくりして空を見上げた。そこにはさんさんと輝く太陽と、昼間の白い月がある。

「あの太陽と月って、動くの？」

「ああ。遠くなったり近くなったりするな。遠くなると寒い日が続き、近くなると暑くなる。……今は中間くらいか？」

まさかそんな仕組みになっているとは思わなかった。地球とは異なる、異世界なりの法則があるのだろう。

それはともかく、重要なのは今が地球でいう春の季節らしくて、桜が咲きそうだということだった。

カレンの目がキラキラと輝く。

「お弁当を作って、お花見しましょう！」

カレンは高らかにそう叫んだ。

春と言えば花見。花見と言えば行楽弁当だ。

「オハナミ？」

どうやら聖獣に花見の習慣はないようで、アスランは首を傾《かし》げる。

しかし、公園に桜の木が等間隔で植えてあるのを見れば、人間は花見をするのだと思われる。

「そうよ！　満開の桜の木の下で、みんなでお弁当を食べ、花を楽しむの！　時に大騒ぎしたりして！」

「……それは何かの儀式なのか？」

「儀式じゃないわ、行楽よ！」

行楽とは外へ出かけ、そこで楽しむことを言う。一緒に持っていくのが行楽弁当だ。

「おにぎりにサンドイッチ、お稲荷《いなり》さんに太巻き寿司！　唐揚げやウインナーには串を刺して、簡単につまめるようにして。アスランに火を起こしてもらって、その場でバーベキューをしてもいいかもしれないわよね！」

どんどんテンションが上がるカレン。すでに彼女の頭の中には、桜の花吹雪が舞っていた。

「……ただ花を見て、弁当を食べるだけだろう？　それのどこがそんなに嬉しいんだ？」

「絶対、楽しいわよ。……楽しかったもの。……すごく」

カレンはそう言うと、目を閉じる。

——昔、カレンがまだ幼く両親が健在だった頃、彼女の一家はよく花見に出かけていた。

日本有数の桜の名所が近かったこともあり、花見は年中行事だった。当時は離れて暮らしていた祖父も招いて、賑々《にぎにぎ》しく行《おこな》われた思い出がある。

舞い散る桜とその中の家族の笑顔は、カレンの心のアルバムの大切な宝物だ。

「私、アスランたちとお花見がしたい。……みんなで、笑って、食べて、楽しみたいの」

父母や祖父を思い出し、カレンは、少し目に涙をにじませてアスランを見上げた。

アスランは、狼狽《うろた》えたように視線を逸《そ》らす。

「仕方ないな。……そんなにお前がしたいのなら」

「したいわ！　したいに決まっている。やってくれるの、アスラン？」

「ああ、だから、そんな目で俺以外の奴を見るなよ！」

なんでそんなことを言われるのだろう。そう思ったが、一緒にお花見ができる喜びでいっぱいになったカレンは、勢い余ってアスランに飛びつく。

「ありがとう、アスラン！」

ギュッと抱きつかれたアスランは、「ああ、もうっ」と、複雑そうに呻《うめ》いた。

花見と言えば、大勢でワイワイとお弁当を取り囲み、盛り上がるイメージがカレンにはある。

「簡単に手でつまめるものをたくさん作って、どれがいいか迷いながら、いろいろなものをお腹いっぱい食べられちゃうお弁当がいいわよね」

あれから毎日回り道をして桜のつぼみを確認し、カレンは当日のお弁当のメニューを考えている。

「いろんなおにぎりが食べたいから、手まりむすびにしようかしら？　ハムやベーコン、おかかにチーズ。鮭《さけ》とかツナもいいわよね。……鳥肉で唐揚げと照り焼きを作って。卵焼きに、バランスよく野菜サラダも絶対作らなくっちゃ！」

あれもこれもと、カレンは行楽弁当の中身を考えていく。

「どれだけ楽しみなんだ？　興奮するのもほどほどにしておけよ」

ついには、アスランにまで心配されてしまう。

「楽しみに決まっているじゃない！　ねぇねぇ、ちょっぴりだったらお酒を呑んでも平気かな？　みんなお酒はイケる口よね？」

確か、聖獣が召喚された際に人間が捧《ささ》げる対価で一番人気なのが、酒だと言っていたはずだ。聖獣が酒をたしなむのは間違いないだろう。

一方のカレンは、あまり強くはないけれど、ほろ酔い気分で楽しくなる程度にお酒を呑むのが大好きだった。この世界に来てからは機会がなくて呑んでいなかったが、満開の桜の下で呑む酒は、きっと最高に美味《おい》しいだろう。

「うぅ〜っ！　想像するだけで、ワクワクするわ」

はしゃぐカレンを、いささか心配そうに見るアスランたち。

――そして、アスランたちの危惧《きぐ》は、見事に当たった。

遠足前の子供のように、ドキドキと心を躍《おど》らせ興奮したカレンは、そんな子供によくありがちな不幸に見舞われる。

明日はお花見という、その夜。……カレンは、見事に熱を出したのであった。


四角く切り取られた窓ガラスの向こうに、抜けるような青空が見える。

「うぅ〜」

ベッドの中で、カレンは無念さに唸《うな》った。……ポッカリと浮かんだ白い雲が、恨《うら》めしい。

「そんなに窓を睨《にら》んでも熱は下がらないぞ。主《あるじ》、ほら、タオルを替えよう」

カレンの額《ひたい》に乗っているタオルを取ったカムイは、彼の力で冷やした濡《ぬ》れタオルに取り替えてくれる。

「フム。少しは熱が下がったか？」

カレンの首筋に手を触れながら、カムイは言った。

「そうでしょう？　私、もうお花見に行けるわよね！」

「無茶を言うな。ここで無理をしたら、またすぐにぶり返すぞ。休みの間に回復することができなければ、困るだろう」

この世界では、一週間である十日のうち、七日続けて働き三日休むという習慣がある。

カレンは、休みの三日間の真ん中の日にお花見を設定していた。

明後日《あさって》からまた七日間しっかり働けるように、今日明日はゆっくり体を休めなければいけないことは、よくわかっている。

わかってはいるのだが……。

（桜、次のお休みにはもう散っちゃうわよね）

桜の見頃は七日間ほど。

次のカレンたちのお休みは九日後だ。桜の見頃は終わっている。

（あんなに張りきって準備したのに。……みんなにも無理言って手伝ってもらって）

食材の調達や、保存、下準備等、なにがなんでもお花見を成功させたかったカレンは、いつも以上に聖獣たちに働いてもらったのだ。

その結果が、自分の発熱による中止だなんて、情けないにもほどがあった。

「どうした？　眠いか」

ひんやりと冷気を纏《まと》わせたカムイの手は、熱のあるカレンには気持ちいい。彼女が目を閉じていたことで、カムイは誤解したらしい。

「ううん。手が冷たくて気持ちいいの。……ごめんね、カムイ」

「主《あるじ》が謝ることなど何もない」

「うん。……ごめんね」

カレンは、カムイの大きな手にすりっと頬を寄せた。

彼が優しく微笑《ほほえ》んだその瞬間――

「カムイ、お前は何をしている！」

突然、バン！と戸が開いて、アスランが部屋に入ってきた。

「主《あるじ》の熱を下げていたのだ」

「熱を下げていた？――そんなものお前の力なら、直接触れなくても冷気だけ送れるだろう。カレンに、ベタベタ触れるな！」

「それじゃ、つまらないだろう」

しれっと言われて、アスランのこめかみに太い血管が浮かび上がる。それでも俺さまな獅子《しし》の聖獣王が実力行使に出ないのは、彼の両手が塞《ふさ》がっているからだ。

「ほらほら、そんな入り口に突っ立っていないで、早く中に入りなよ」

「邪魔だ」

アスランの後ろから同じく両手が塞《ふさ》がったアウルとウォルフが入ってきて、体でアスランを押し退《の》ける。

「うわっ！　落としたらどうするんだ！」

上手くバランスを取って、手に持っているものを死守するアスラン。

「入り口を塞《ふさ》いでいる奴が悪い」

ウォルフはしれっと言い返した。

「え？　それって……みんな」

彼らの手にあるものに目をやって、カレンは驚きの声を上げる。

それは、この日のためにカレンが作ろうと用意していた、行楽弁当だ。

「せっかく下準備まで済ませてあるんだ。作って食べない手はないだろう」

真面目にウォルフが言って、アウルは笑ってウインクしてくる。

「手まりむすび、がんばって作ったんだよ。一緒に食べよう」

彼らは、カレンの代わりに行楽弁当を完成させて、持ってきてくれたのだった。

「カムイ！　お前は、さっさとカレンから離れて、テーブルをこっちに持ってこい」

不機嫌なアスランの声に、カムイは「やれやれ」と呟《つぶや》いた。そして立ち上がると、テーブルをベッドの脇まで移動させる。

アスランはそのテーブルの上に自分の持っていた行楽弁当を置き、足早にカレンに近づくと枕元に腰かけた。

「大丈夫か、熱は下がったか？」

カレンの手をギュッと握《にぎ》りしめてくるアスラン。なんだか顔がずいぶん近いような気がする。

「それ以上、主《あるじ》に近寄るなよ。炎の聖獣王であるお前が近づいては、下がる熱も下がらん」

冷静にウォルフに注意され、アスランは悔しそうに彼を睨《にら》みつけた。

「アスラン。大丈夫だから。……私を起こしてくれる？」

カレンの頼みに、アスランは慌《あわ》てて彼女の体を抱き起こす。そして、ベッドのヘッドボードにクッションを三つも重ねて背もたれを作ってくれた。

カレンはあらためてテーブルの上の行楽弁当を見つめる。

華やかで豪華な行楽弁当。そこには、カレンが思い描いていた通りのお弁当があった。

「……みんな」

「外には出かけられないが、熱もだいぶ下がったようだし、弁当なら一緒に食べられるだろう」

淡々と言うのはカムイだ。

「お酒は、まだダメだけれどね」

ニコリと笑うのはアウル。

「花見は、熱が下がったらまたみんなで行けばいい」

アスランにそう言われて、カレンは泣きそうになった。

こんなにたくさんの料理をカレン抜きで作るのは、たいへんだっただろう。しかもキレイに盛りつけてくれて――

みんなの優しさが嬉しかった。温かな思いが胸にこみ上げ、涙がこぼれ落ちそうになる。

(ダメダメ、泣いたりしたら、また熱が上がっちゃう)

そう思い、なんとか涙をこらえていたのに――

「フム。……こんなもので、どうだ?」

一人、部屋の隅にいたウォルフが、何やら呟《つぶや》いてカレンにたずねてきた。

「え?」

振り向いたカレンは、口を開けたまま驚きに固まってしまう。

ウォルフの背後には、高さ二メートルほどの小さな桜の木があった。大きな鉢に植えられている。

「公園の桜とは種が違うようだが、花は似ているし、このくらいの大きさなら部屋の中に置けるからな、移動させてきた。少しは雰囲気が出るだろう」

大地と緑を司《つかさど》る聖獣王であるウォルフは、カレンのために小さな桜を探してきてくれたのだった。

そういえば地球にもマメザクラという鉢植えにできる桜があったな、とカレンは思い出す。

小さいながらも満開のピンクの桜は、部屋の中に堂々と枝を伸ばしていた。

風の聖獣王であるアウルが指をかすかに動かせば、部屋の空気が動き、ひらりと花びらが散る。風に乗った花びらが、カレンの目の前に落ちてきた。

クルクルと舞う花びらと、華やかな行楽弁当。……そして、自分を優しく見守る四人の聖獣を見て、カレンはついに泣き出してしまう。

「うわっ！　カレン」

アウルは大慌《おおあわ》て。

「どうしたんだ？」

ウォルフは首を捻《ひね》る。

「主《あるじ》！」

カムイが大声を出して驚く。

「大丈夫か？」

アスランは顔を覗《のぞ》きこんでくる。

カレンは、ふるふると首を横に振った。

「嬉しい。……嬉しいの。みんな……ありがとう」

ポロポロと嬉し泣きをしながら礼を言うカレン。

この日、彼女は最高の思い出を作った。

そして、九日後――全快したカレンは、少し葉桜になった公園で、行楽弁当付きのお花見を無事に敢行《かんこう》する。

美味《おい》しいお弁当を食べ、呑めや歌えの大騒ぎをするお花見は、町の住人の注目を浴びた。

後で知ったのだが、この世界では花を愛《め》でることはあっても、そこで宴会をする風習はなかった。王都で行楽弁当付きのお花見が流行《はや》るのは、次の春のことである。

第六章 「ライバル出現！」

カレンが異世界に来て一年半。

夏が来て、お弁当の売り上げが少し鈍《にぶ》りはじめていた。

この国の四季は日本よりも温度差がなく、夏や冬も羽織《はお》り物一枚の調節で問題ないくらい過ごしやすい気候だ。

「日本にくらべたら気温は低いんだけど……暑さで食欲が落ちてる、とか？」

最近売り出した冷やし麺のお弁当や、ピリ辛メニューのお弁当の人気は上々だ。特にどのメニューが売れなくなったというわけではなく、全体的になんとなくいつもより注文が少ないと感じる。

その理由は、すぐに判明した。

お昼前、店に誰かが飛びこんで叫ぶ。

「カレン！ 二つ隣の地区に、新しい弁当屋ができた！」

深紅の髪を乱れさせながら報告したのは、アスランだ。

情報源は騎士のルーカスで、新規に開店した弁当屋が、彼の勤務する外門に売りこみに来たらしい。

「ルーカスは、うちは間に合っているからと断ってくれたが、ほかの場所では興味を引かれて注文したところもあったみたいだ」

なんと、売り上げが減った原因は、ライバル店の出現だった！

「うちの真似をしているのか？」

話を聞いたウォルフが、軽く眉をひそめる。

「へぇ～？　いい根性しているね」

口角を吊り上げて笑うアウルの青い瞳は、少しも笑っていない。

「……潰すか」

ボソリとカムイが呟《つぶや》いた。

「当然だ」

「ダメよ！」

アスランの肯定と、カレンの否定の言葉が、同時に響く。聖獣たちは、訝《いぶか》しげに彼女に目を向けた。

「カレン？」

「ダメに決まっているでしょう！ ライバルっていうのは、自分が成長するために、絶対必要なものなのよ。……ライバルがいて、互いに互いの存在を意識して、新しい創意工夫が生まれるの。ライバルは敵じゃなくって、同じ目的を持った同志みたいなものよ。ようやく現れてくれた仲間を潰すなんて、冗談じゃないわ！」

鼻息を荒くして怒るカレンを、アスランたちは信じられないという目で見つめる。

「ライバル店がいたら、弁当を独占できなくなるぞ」

「現に売り上げは落ちている」

冷静に指摘してくるのはウォルフとカムイだ。

「断りもなく真似をされるのは、面白くないな」

「カレンや俺たちに牙《きば》を向ける奴は、許しておけない」

感情を優先させるアウルとアスランは、不快感を露《あら》わにする。

「絶対、ダメよ！」

カレンは、全員に釘を刺した。

「では、どうするんだ？ このままお客を取られるのを、指を咥《くわ》えて見ているのか？」

ウォルフの問いに、カレンは「まさか」と首を横に振る。

「まずそのお弁当屋を調べましょう。よく見て、学ぶべきところは学んで、いいものはどんどん吸収するの」

「……フム。偵察か」

　ウォルフは、軽くあごに手を当てる。アウルがニヤリと笑った。

「情報戦か、いいね」

「敵を知ることは、戦う上で重要なことだ」

　腕を組んだカムイも、一つ頷《うなず》く。

「まどろっこしいが、ここは人間の世界だ。我慢するか」

　忌々《いまいま》しそうなアスラン。

　四人の発言に、カレンは頭を抱えた。聖獣たちは、どうあっても戦うつもりでいるようだ。

（……でも、まあ、いいのかしら？　やることは同じだし）

　戦闘意欲満々の聖獣たちに多少不安を覚えながらも、カレンはライバル店の調査にGOサインを出したのだった。

　そうしてまずわかったことは、ライバル店のお弁当のおかずは、王都で昔から食べられている一般的な家庭料理だということだった。

「彩《いろど》りは地味だけど、ヨーザンの人には食べ慣れた優しい味なのよね」

ウォルフがムスッとした顔で買ってきたライバル店のお弁当を味わいながら、カレンは感心する。

目新しさはないけれど、まさしくおふくろの味といったお弁当。奇《き》をてらわないなじみ深い料理を好ましく思う人もいるだろう。

「うちみたいに豊富なお弁当のアイデアがないだけだろう」

面白くなさそうな表情で、アスランは辛口な評価をする。

「それはそうかもしれないけれど……でも、いつも食べているものを入れるのは、お弁当作りの基本だもの。郷《ごう》に入っては郷《ごう》に従《したが》え。異世界に来たのだから、この世界の料理を知ってメニューにすることも大切なことだったのよ。私、それを忘れていた。……いい勉強をしたわ」

カレンは心からそう思う。

「……お前は、素直すぎる」

アスランはあきれながらも、どこか嬉しそうな顔をした。

「主《あるじ》がこの世界になじもうとするのは、いいことだ」

カムイは彼女の考え方を肯定する。

「とはいえ、それと、このお弁当屋を許せるかどうかは、別だがな」

ウォルフは、冷たく言い放《はな》つ。それもそのはず、ライバル店のお弁当箱は、ウォルフに手伝ってもらって作ったカレンのお弁当箱と、そっくりだったのである。三ヵ月もかけて作り上げたお弁当箱を無断で真似されて、ウォルフは怒り心頭だ。とはいえ特許制度がないこの世界では、訴《うった》えることもできない。

「俺は、嫌い。こんな可愛くない弁当。……カレンのお弁当が、俺は一番好きだよ」

アウルの優しい言葉に、カレンは思わず笑み崩れる。

「ありがとう」

「どういたしまして」

魅力《みりょく》たっぷりにウインクするアウル。

カレンは、ポッと顔を熱くし、アスランはその様子を面白くなさそうに見つめる。

「それ以外にわかったことはないのか？」

アスランのぶっきらぼうな質問に、クスクス笑いながらアウルが報告する。

次にわかったのは、新しいお弁当屋の価格がカレンたちのお弁当よりも安いことだった。

「食材費や冷凍、加熱の費用がほぼタダのうちより安いって、すごいわよね？」

カレンは驚きに目を丸くする。

よくよく調べれば、新しいお弁当屋のオーナーは、以前カレンたちに食材を無理やり買うように圧力をかけてきたスパム食品店だった。食品店ならば、仕入れは安く抑えられるだろう。

それにしたって、ゼロというわけにはいかない。

「利益はほとんどないのではないか？」

カムイの疑問に、アウルが答える。

「っていうか、絶対赤字だろう？」

最初に赤字を出すことを覚悟で商品を安く売り、顧客を増やす経営戦略は、決して特別ではない。カレンたちだって、販売当初は無料で五日間お試ししてもらった。お弁当のよさを知ってもらって、注文者を増やすという狙いだ。

「そのうち値段を上げるんでしょうけれど……」

考えこむカレン。

「上げた時にお客が減るのではないか？」

ウォルフの質問に、カレンは唸《うな》った。

「……う〜ん。お弁当に絶対の自信があって、その時までに完全にお客さんの心を掴んでしまえば大丈夫、って考えかもしれない」

　お弁当は、習慣になってしまえば、ほぼ毎日食べてしまうものだ。とはいえ、一日の出費は小さくとも重なると大きな金額になる。安いからといって、増えたお客が値上げをした時にどれだけ残ってくれるかは、疑問が残るところだろう。

「そんなに危ない橋を渡らなくても、お弁当を食べてくれそうな新規のお客さんはいっぱいいると思うんだけど？」

　それはカレンのみならず、全員が思うことだった。

　彼女たちの店は小さい。元々、日々の暮らしを支えるだけの利益しか求めていないカレンは、これ以上店を大きくするつもりはない。販売先を増やす予定もないため、お弁当の噂を聞きつけたほかの工場から依頼があっても、断っているのが現状だ。

　カレンたちのお弁当が入っていない工場に売りこめば、無理して値段を安くしなくても新しい店のお弁当は売れるはずだ。

　しかしライバル店はカレンたちの店の配達先にばかり声をかけているらしい。

「どうして、無理してまで、うちと競争しようとしているのかしら？」

　カレンは首を捻《ひね》る。スパム食品店がバックについているのも、なんだか嫌な感じがした。

　そんなカレンの気持ちがわかるのか――

「邪魔者は消せ、とでも思っているのだろう」

いつもは物静かなカムイが、物騒な発言をした。

「最初に敵の中でも一番強い奴を叩くのは、戦《いくさ》の定石《じょうせき》だからな」

ウォルフの定石《じょうせき》は、時と場合によるのではないだろうか、とカレンは思う。

「ああ。あれは気分いいよね。残った奴らがあっという間《ま》に尻尾《しっぽ》を巻いて逃げ出していく」

ケラケラと楽しそうに笑うアウル。

「いちいち狙うなんて面倒くさい。王都を全部まとめて焼き払えばいいだろう」

本当に面倒くさそうにアスランは言う。

カレンは再び頭を抱えた。聖獣たちはどうあっても戦いたいらしい。しかもアスランの大雑把すぎる戦術は、戦慄《せんりつ》する以外ないしろものだった。

「焼き払ったら、ダメだからっ！」

「簡単でいいんだぞ。灰も残さず昇華させるから、後始末も必要ない」

「…………絶対、ダメ！」

とんでもなかった。

アスランは、不服そうに黙りこむ。するとウォルフがアスランの背中を叩いた。

「落ち着け。今は相手を叩く方法を論じているのではないだろう。相手がどうしてうちにケンカを売ってくるのか、その理由を考えていたはずだ」

それも微妙に違うような気がするが、ウォルフの指摘で、カレンは元々の話を思い出す。

「お弁当を知っている人の方が買ってくれるっていう判断かもしれないわ。お弁当が何かも知らない人に売りこむより簡単かもしれないし……。何はともあれ、うちの方はこれ以上、値段を下げるわけにいかないから、内容で勝負するしかないわよね。……がんばりましょう！」

一応の対策を決めて、次の情報へと移った。

今度の情報もまたアウルからで、友だちになった食堂の女性ミアムから話を聞いたという。

「絶世の美貌《びぼう》を持つ、双子？」

「ああ。ミアムの働いている食堂に来る客の話では、新しい弁当屋の配達人は、一度目にしたら忘れられないほど美しい双子らしい」

不機嫌そうに、アウルはそう言った。

新しいお弁当の配達人は有名で、食堂に来る客の話題に上らない日はないそうだ。男性の多い職場には妖艶《ようえん》な美女が、女性の多い職場には風雅な雰囲気の美男子が配達に来る、と評判になっているようだ。どちらも艶《つや》やかな長い黒髪と切れ長な黒目が印象的で、年の頃も同じ二十代半ばくらい。二人が揃《そろ》っているところを見た者はいないのだが、互いの話を聞いた人々は、それならきっと双子の姉弟《きょうだい》ではないか、と噂しているのだとか。

彼らの美しさは、アスランたちと肩を並べるほど。そのため、お弁当屋というのは美しくないと働けない店なのだ、という話もまことしやかに流れているらしかった。

それはいったいどんな誤解なのか、とカレンはまたもや頭を抱えてしまう。

「もちろん、俺以上にキレイな人なんているはずないって、ミアムは言っていたけどね」

「……それは、どうでもいい」

アスランにバッサリ切られて、アウルはムウッと頬を膨《ふく》らませる。

「そんなにキレイな人が、アスランたち以外にもいるのね」

カレンは素直に驚いた。

アスランたちの本体は聖獣だ。

聖獣がとる人間の姿は、それぞれの力や性質を表した形になるという。アスランたちの堂々とした美しい聖獣の姿を見ているカレンは、彼らのイケメンっぷりにも納得していた。

そんな彼らと肩を並べられる人間がいようとは、思ってもみなかった。

人間は、美男美女に弱い。……特に、男性は美人に弱い生き物だと、カレンは思う。

偏見かもしれないけれど。

（……美男はともかく、その美女に私が勝てる可能性はないわよね）

カレンの容姿は十人並み。アスランたちは家族の欲目でカワイイと言ってくれるが、その形容詞が美しいになることはまかり間違ってもないだろう。

「…………うちは、味で勝負しましょう！」

どこか鬼気《きき》迫る勢いでカレンの言った言葉に、黙って頷《うなず》き返すしかなかったアスランたちだった。


話し合いで決めたことを、カレンはさっそく実行する。

まず、お弁当のメニューに、ヨーザンの郷土料理を少し取り入れた。

元々昔ながらの日本の食文化に似ているヨーザンの郷土料理は、カレンのメニューにもよく合って、お客さんからの評判も上々だ。

「カレンちゃん。いつでも俺のとこにお嫁においで」

「ルーカス！　きさま」

――受けがよすぎて、アスランとルーカスが小競《こぜ》り合《あ》いを起こしかけたが、それは置いておくことにする。

次に、カレンはお弁当を注文してくれる職場に、サービス品として、この世界ではまだ普及していないコーヒーをつけるようにした。

以前、アスランたちと島で暮らしていた時、彼らが集めてくれた木の実の中にあったコーヒーの実。カレンはあれから、試行錯誤《しこうさくご》の末にコーヒーを作り出したのだ。

もちろん、収穫、焙煎《ばいせん》、粉砕等、すべての過程でアスランたちの力が役立ったことは、言うまでもない。

(インスタントコーヒーまでできたのは、すごいわよね)

氷の聖獣カムイと風の聖獣アウルの共同作業は、圧巻だった。彼らはフリーズドライ製法を再現してみせたのだ。それは、食品を一度凍らせてから乾燥させる保存技術。カレンが大雑把に説明しただけで、彼らはたちまちインスタントコーヒーを作り出したのだ。

こうして完成したコーヒーは満足できる味わいで、アスランたちがとても気に入ったため、しばらくの間は売り物にはせずに自分たちで楽しんでいた。

お弁当屋以外に手を広げるのはたいへんなので、コーヒーを表に出すつもりはなかったのだが——今回は緊急事態。誰でも簡単に淹《い》れられるインスタントコーヒーを、瓶に詰めて配ることにしたのだ。

コーヒーには苦みがあるため、この世界の人に受け入れてもらえるかどうかが、カレンには一抹《いちまつ》の不安があった。しかし、飲むと眠気や疲労感が減って元気になれる感じがする、と評判は上々。すぐに人気が出て、気に入った人からはお金を払うから売ってほしいと頼まれるまでになった。

今のところ売り出す予定がないため断っているが、そのうち真剣に考えなければならなくなるかも、とカレンは感じている。

そして最後に、美女にはとても勝てる気はしないカレンだが、少し身だしなみに気をつけるようにした。

今までより時間をかけて顔を洗い、髪をくしけずる。匂いが移るといやなので化粧はしていなかったのだが、唇に薄く紅を刷《は》いた。

洋服は、アウルが張りきって選んでくれる。

「本当はカレンのサラサラの髪を隠したくないんだけど、衛生上必要だって言うから仕方ない。可愛い三角巾と、お揃《そろ》いのデザインのドレスエプロンを選んでみたよ。フリルとたっぷりのギャザーが女の子らしいだろう。……首の後ろと背中のリボンは、思わずほどいてみたくなるよね？」

アウルの選んだ衣装を着て、恥ずかしそうにクルリと回るカレンの姿に、彼はフフフと満足そうに笑う。

「可愛すぎるのではないか？」

真面目な口調でウォルフが言った。

「へ？」

「カレンは元々可愛いのに、これ以上可愛くなれば、襲われる心配が出てくる。……まずいだろう？」

そのセリフを聞いたカレンは照れてしまう。

「ウォ、ウォルフ、冗談は――」

「俺は、冗談など言わない」

ニコリともしないでウォルフは言い放《はな》つ。

それもそうだとカムイまで頷《うなず》き、アウルは、ピューと口笛を吹いた。

アスランは……不機嫌そうに眉をひそめる。

「大丈夫だよ。今まで通り俺たちみんなで、カレンを守ってやれば問題ないだろう？」

アスランには気にも留めず、アウルはそう言って笑った。

「まあ、そうだな」

「確かに」

頷《うなず》いたのはウォルフとカムイ。

アスランは、依然として眉間にしわを寄せたままだ。

「じゃあ、この格好で問題ないよね？」

アウルの確認にも、アスランだけは返事をしなかった。フイッと立ち上がった赤い髪の青年は、そのまま部屋を出ていく。

「……アスラン」

何か怒らせてしまったのだろうか、とカレンは心配になる。

「あ～あ、素直じゃないな」

あきれたように、アウルは肩をすくめるのだった。

そんなゴタゴタもありつつ、決行された『ライバルに負けないぞ！』大作戦。

少しメニューが変わったことやコーヒーの人気もあって、一時的に落ちたカレンのお弁当屋の売り上げは、徐々に元に戻っていった。

カレンの可愛い衣装がどれだけ効果があったのかはわからないが、全体的に上向きになった状況に、彼女はホッと安心する。

そして、それを見計らったように、次のトラブルが起こった。

カレンがアスランと一緒に買い物に行った時のことだ。

「お醤油《しょうゆ》が、ないんですか？」

「すまないねぇ。うちを贔屓《ひいき》にしてくれているカレンちゃんに、こんなことを言うのは、本当は嫌なんだけど――」

カレンがいつもお醤油《しょうゆ》を買う店の店主は、心から申し訳なさそうな顔で話してくれた。

醤油《しょうゆ》は「ない」のではなく、「売れない」のだと。

「――スパムさんがね」

そう一言呟《つぶや》いたきり、視線を逸《そ》らし口を噤《つぐ》む店主。

彼の店は醤油《しょうゆ》の原料である大豆をスパム食品店から仕入れていると、以前聞いたことがある。

スパム食品店が「カレンに醤油《しょうゆ》を売るな」と、この店を脅したのは聞くまでもなかった。

「きさまっ！」

気色ばみ、今にも胸倉を掴みそうな勢いでアスランが店主に迫る。カレンは慌《あわ》てて止めに入った。

「やめて、アスラン」

「しかし！」

「ダメよ」

「……すまないね。カレンちゃん」

醤油屋《しょうゆ》の店主は、深々と頭を下げた。

そして、そんなやりとりは醤油屋《しょうゆ》だけにとどまらなかった。

「味噌もダメだ」

「酢の醸造元も、うちには売れないと言っている」

「米を押さえられたんだろうな。……ということは、酒もダメか」

カレンたちはほかの店でも調味料の購入を断られたのだ。

酢や酒はお米を材料として作られる。スパム食品店は、大豆だけでなく米も売らないと言って、製造元に脅しをかけたらしい。

「米や大豆くらい、俺の力でいくらでも生産できるのだが――」

眉間にしわを寄せ、大地と緑を司《つかさど》る聖獣王ウォルフが、拳《こぶし》を握《にぎ》る。

「ダメよ。私たちと違って、普通のお店は仕入れ先をきちんと知りたがるものなのよ。聖獣の力で生産しました、なんて言えないし。……それにそんなことをしたら、大豆やお米を生産する農家の人が困るでしょう。流通機構も大混乱を起こすわ」

だからこそカレンは、肉や魚がどんなに大量にあっても、それをほかの店や一般の人々に売ろうとしなかった。聖獣――アスランたちの力は巨大だ。もしもカレンが望むのなら、彼らは王都ヨーザンのすべてを賄《まかな》える食物を、瞬時に揃《そろ》えることができるだろう。

その結果、既存の食品産業が崩壊することは、想像に難《かた》くない。

カレンは、ブルリと体を震わせた。

彼女に対し妨害を仕掛けるためだけに、多くの人々を巻きこむスパム食品店。

「……やっぱり、叩き潰すか」

物騒なことを呟《つぶや》くアスランと、静かに頷《うなず》く聖獣三人。そんな仲間たちをカレンは慌《あわ》てて止めた。

「大丈夫よ！　お醤油《しょうゆ》以外はそんなにすぐ在庫がなくなるわけじゃないし、お醤油《しょうゆ》を使わなくても代わりのもので工夫して、料理はいくらでもできるわ！」

醤油《しょうゆ》や味噌といった特殊な製造法で時間をかけて作り出すものは、いくら聖獣でも瞬時に作り出すことはできない。しかし、塩であれば海水を煮詰めたり、岩塩を溶解させて再結晶化したり、聖獣たちの能力を使っていくらでも補充できる。

（塩分がまったくなくなるわけじゃない。それに、日本では最近減塩傾向だったから、ゼロ塩レシピもたくさん知っているし）

なんとかなるはずだ、とカレンは思う。主要な調味料を仕入れられなくなったのは大きな痛手だが、そんなことに負けていられなかった。

「絶対、大丈夫だから。みんなで力を合わせて、がんばりましょう！」

カレンの言葉に、複雑な顔をしながらも頷《うなず》いてくれたアスランたちだった。

醤油《しょうゆ》なしの生活がはじまって五日。カレンはとある瓶を抱えて息をついた。

「粒マスタードを多めに作っておいて、よかったわ」

カラシナそっくりの草の実をすり潰し、酢でふやかした状態で発酵させて作った、自家製粒マスタード。辛みだけでなく、酸味やうまみも備えた調味料は、料理の味に絶妙な深みを与えてくれる。

今日のお弁当のメインのおかずは、粒マスタードを使ったタレに豚肉を絡めて焼いた、豚肉のマスタード焼きだ。

「薄味でも十分満足できる味になるし、減塩料理には欠かせないものなのよ」

ほかにも酸味や辛み、柑橘系《かんきつけい》の果物を利用したレシピで、カレンはお弁当を作る。

――お弁当が完成すると、カレンはアスランと外門にお弁当の配達に向かった。

いつ来ても、ルーカスは待ち構えていたかのようにお弁当を受け取り、その場ですぐに食べてくれる。

「うん！　今日も最高に美味《うま》いな」

この日もペロリとお弁当を平らげた騎士のルーカスは、満足そうに自分の唇についた粒マスタードを舐《な》めた。

「そう言ってもらえると嬉しいです」

「うちの弁当が美味《うま》いのは当たり前のことだ。いちいち言わなくてもいい」

素直にお礼を言うカレンと、不機嫌そうにルーカスを睨《にら》むアスラン。

満足げにお腹をさすりながらルーカスは苦笑する。

「相変わらず、重度のシスコンだな」

「兄妹《きょうだい》ではないと、言っているだろう！」

いつも通りのやりとりに、カレンはクスリと笑う。どうせ来たついでだから、とルーカスにコーヒーを淹《い》れた。

「ありがとう。同じコーヒーのはずなのに、自分で淹《い》れるよりカレンちゃんが淹《い》れてくれた方が、何故か美味《おい》しんだよな」

嬉しそうに礼を言ってコーヒーを受け取ったルーカスは、その後、何気ない様子で言葉を続ける。

「今日の肉も美味《うま》かったが……俺はやっぱり、最初に食べた鳥の唐揚げ弁当が好きだな。

最近あんまりメニューに出ないが、今度はいつ食べられるんだ？」

カレンは、ピクリと体を震わせた。

鳥の唐揚げは、しょうが醤油《じょうゆ》で下味をつけている。醤油《しょうゆ》が手に入らない限り、作ることができない。

「……三日前も、鳥の唐揚げ弁当でしたよね」

「ああ、でもあれは、塩麹《しおこうじ》とやらで味がついていただろう？　あれはあれでとても美味《うま》かったが、最初の鳥の唐揚げは、俺の中で格別なんだよ。ホント、毎日食べたい味だ」

ニコニコと笑って言うルーカス。

カレンは、言葉に詰まってうつむいた。

「ルーカス、きさま！　……お前に食わせる鳥の唐揚げはない！」

突如《とつじょ》怒り出したアスランに、ルーカスは面食らった。

「は？　なんだ？　何を怒っているんだ？」

「……ごめんなさい。ルーカスさん。ちょっと理由があって、前の鳥の唐揚げは当分作れないんです。……ほかのメニューで勘弁してください」

カレンはそう言うと、深々と頭を下げた。

「へ？　あ、ああ。そんな、どうしても食べたいってわけじゃない。…………おいっ、いったいどうしたんだ？」

急に元気をなくしたカレンを訝《いぶか》しむように、ルーカスは聞いてくる。

「なんでもないんです」

カレンは、力なく首を横に振ることしかできなかった。


「やっぱり、お醬油《しょうゆ》ってすごい調味料なのよね」

店に戻ったカレンは、がっくりと肩を落とす。

今は様々な工夫で醬油《しょうゆ》を使わないおかずを作り、美味《おい》しいと言ってもらえている。しかし、だからといって、それは醬油《しょうゆ》を使ったおかずの価値を上回るものではない。

そうでなくとも、この国の人々は、普段から醬油《しょうゆ》を基本の調味料として使っているのだ。

「私だって、お醬油《しょうゆ》を使った料理が食べたいもの」

それはカレンの本音だった。

もちろんカレンも、醬油《しょうゆ》を手に入れる努力をしなかったわけではない。王都ヨーザンがダメならば、ほかの町で醬油《しょうゆ》や味噌を買えないか、調べてみたのだ。

しかし、結果はノー。スパム食品店がヌーガル王国有数の店で、大豆や米などの流通に大きな力を持っていることを再認識しただけだった。スパム食品店に睨《にら》まれるというリスクを負ってまで、カレンたちに商品を売ってくれる店は、国内のどこにもない。

かといって、ほかの国は食文化が違い、そもそも醤油《しょうゆ》は普及していなかった。

いっそ一から作ろうかとも思ったが、美味《おい》しい醤油《しょうゆ》を作るには、どうがんばっても一年以上は醸造の時間がかかる。

(どうしたらいいの?)

途方に暮れて、カレンは目を閉じた。

瞼《まぶた》の裏に何故か浮かんできたのは——たった一度見かけただけの、ライバル店の配達員らしき美女だ。

(……すごい美人だったなぁ)

美男の方は見たことはないが、偶然見かけたその女性は、たとえられないほどの美人だった。

艶《つや》やかな長い黒髪に、日焼けなんか一度もしたことのなさそうな白い肌。なんだか人形めいて、生きている感じがしないと思ったほどだ。

(背筋がぞくっとするような美女って、本当にいるのね)

丁度アスランが、カレンから少し離れた瞬間だったため、見かけたのはカレン一人。

聖獣たちは、美男の方も含めて、彼らには一度も出会ったことがないらしい。

（向こうが私たちを避けているのかしら？）

そうとしか思えないほど、遭遇率は低かった。

（そんなにこそこそしなくてもいいのに）

できることなら、スパム食品店の人と直接会って話し合いたい、とカレンは思っている。彼女に、スパム食品店と争うつもりは少しもないし、むしろ協力し、手を取り合ってお弁当をこの世界に広めたい、とさえ考えているのだ。

なのに、カレンが面会を求めても、スパム食品店は一切それに応じてくれなかった。話すことなど何もない、の一点張りなのである。

（何をそんなにむきになっているのかしら？　以前、食品の購入を断ったことを、今も根に持っているの？）

それにしては態度が強固すぎだ。

いくら考えてもわからない。どうにもできずに八方塞《はっぽうふさ》がりなカレンだ。

そんな彼女に、カムイが声をかけてきた。

「カレン、王宮から使いが来ている」

「え？」

「城に来てほしい、と言っているぞ」

「……ええっ!?」

寝耳《ねみみ》に水のカレンだった。

深い堀にかかる大きな跳ね橋を、カレンはおそるおそる渡る。橋の先にある堅固な楼《ろう》門《もん》は、上が見張り台になっていて、高欄《こうらん》の隙《すき》から武装した騎士の厳《いか》つい姿が見える。端が見えないほど長くて高い城壁の内側に入れば、そこには堂々とした建物がいくつも並んでいた。

「ふえ～」

カレンは思わず驚きの声を上げる。

「ずいぶん頑丈そうな城だな」

隣を歩くカムイも、感嘆して建物を見上げている。その後で、小さく「人間が作ったにしては」と呟《つぶや》く。

この世界に来てからはじめて、カレンは王城を目にしていた。

「なんだ。カレンちゃんたちは、城を見たことがなかったのか？」

城までの案内役をしてくれている騎士ルーカスが、あきれた様子でたずねてくる。

「一生見ることなんてないと思っていました」

「確かに、我らには無用の場所だ。……何事もなければ」

重々しく頷《うなず》くカムイに、ルーカスは少し戸惑い気味の視線を向ける。アスランに対しては、いつも軽口をたたくルーカスも、貫禄《かんろく》があるカムイのことは少し苦手にしているようだ。

「それにしても、カレンちゃんにべったりなあのアスランが、よく留守番を承知したよな。無理やりついてくるんじゃないかって思っていたぜ」

カムイが無意識に放《はな》つプレッシャーを払い除けるように、ルーカスはことさら明るい口調で話す。

「城への招聘状《しょうへいじょう》が、私とカレン宛だったからな。招聘状《しょうへいじょう》がない者は入れないのだろう」

至極真面目なカムイの返事に、ルーカスは後が続かず黙りこんだ。

確かにカムイの言う通りなのである。しかし、そんなことで納得するわけがないのがアスランで、ルーカスはそこを同意してほしかったのだろう。

実際、アスランは、ルーカスの予想通り、最後の最後まで一緒に行くと主張した。その時の騒動を思い出し、カレンはこっそりため息をつく。

招聘状《しょうへいじょう》がなければ城に入れないのだと言い聞かせると、アスランは仔猫に変じてついていくとまで言い出した。そしてすぐさま真っ赤な仔猫に変化したアスランは、とてつもなく可愛らしく、カレンは思わず抱き上げてしまった。

しかし、この国の守護聖獣は翼を持つ赤い獅子《しし》——すなわちアスランだ。そのため、ネコ科の動物はとても大切にされている。赤い猫なんて王家が見逃《みのが》すはずがない。

「赤い仔猫など、あっという間《ま》に王家に没収されてしまうぞ」

ウォルフに指摘され、カレンは慌《あわ》ててアスランを放り出す。

「うわっ！　と、おいっ、カレン！」

空中三回転を決めて床に着地した仔猫姿のアスランは、不機嫌に唸《うな》る。

「ダメダメ！　アスランは絶対お城に連れていかないから！」

「俺が行くと言ったら、行くんだ」

「絶対、ダメ！　……命令よ！」

これが、カレンの主《あるじ》としてのはじめての命令だった。

命令されたら、従わなければならないのが召喚獣だ。ポンッと元の人型に戻ったアスランは、強い視線でカレンを睨《にら》む。

「ダメよ。私は、アスランを誰にも渡したくないわ。……お願い、ここで待っていて」

絞《しぼ》り出すようなカレンの声に、アスランはギュッと唇を噛《か》み、背を向けた。そのまま部屋を出ていこうとする。

「アスラン！」

「無事で帰ってこい。……お前に何かあったら、俺は、人間界をすべて焼き払ってやる」

ものすごい脅し文句だった。何事もなく城の用事が終わってくれることを、カレンは切に願う。

（……なんだか最近、アスランとギクシャクしちゃってるのよね）

不機嫌なアスランの顔を思い出し、カレンはもう一度ため息を押し殺す。

カレンが身だしなみに気をつけ、可愛い服を着るようになった頃からだろうか。アスランとあまり目が合わなくなったのだ。

（俺さまで自信満々のアスランからすれば、着飾るなんて行為は、気に入らなかったのかもしれないけれど……）

とはいえ、避けられているかと言うと、そうではない。今まで通り、アスランは聖獣たちの中でも一番カレンの近くにいるのだ。自分を見守っていてくれる強い視線も感じる。

（でも、私が見ると目を逸《そ》らすのよね。……そんなに、あの格好が似合っていなかったのかなぁ）

ちょっと……いや、ずいぶん落ちこんでしまうカレンだ。

またまたため息が出そうになる。しかし、今はそんな場合ではない、と気持ちを切り替えた。

「今更ですけれど、お城から呼び出しなんて、何のご用事なんでしょうか？」

目の前のお城を見上げながら、カレンは当面の問題に意識を向ける。

「さあなぁ？　カレンちゃんたちを連れてくるようにって、団長に命令されただけだから。俺もわからない」

カレンたちを呼んだのは、騎士団のマルティン団長。以前、娘の好き嫌いを直すお弁当をカレンたちに頼んだ彼だった。いったい彼は何の用でカレンを城に呼んだのだろう？

（お弁当の口利きは、前にしっかり断ったから、その件じゃないと思うんだけど。……それ以外だとしたら……まさか、召喚魔法の話？）

この国は平和だから召喚魔法の使い手は必要ないのだ、とマルティンは言った。まさか、その平和が崩れて、カレンの力が必要になったのだろうか？　その割には、何の変化も感じられないが。

（それに、どうしてカムイまで一緒に呼ばれたのかしら？）

たびたびマルティンの邸《やしき》に行っているカムイだが、その時の彼はコグマの姿で、カムイだとは伝えていない。しかも人型のカムイは、マルティンとは一度も会ったことがないはずだ。

なのに、招聘状《しょうへいじょう》はカムイ宛にも届いていた。

（カムイがコグマだなんて、団長さんは知らないはずなのに）

カレンの胸の中に、グルグルと不安が渦《うず》巻《ま》く。

「ほら、こっちの塔だ」

考え事をしていたカレンを、ルーカスがとある建物に案内した。

「この辺は軍部で、ここは騎士の詰め所になっている。団長が待っているのはこの中だ」

言われて見上げた塔は、ものすごく高い。

（何階建て？　まさか最上階まで上《のぼ》るなんて言わないわよね）

一瞬そんなことを恐れたカレンだったが、幸いにして、団長が待っていたのは一階の奥まった一室だった。

入室を請うと同時に、マルティンが返事をする。

「――ああ。来た来た。悪かったね。わざわざ足を運んでもらって。……元帥《げんすい》閣下、彼らですよ」

入室した途端、ルーカスは「ゲッ」と低く呻《うめ》いた。

（え？　元帥《げんすい》って軍の最高司令官のことじゃないの？）

カレンは驚いて目を見開く。

部屋の中には、にこやかに笑いながら立つマルティンの姿があった。そして彼の横に、きっちりと軍服に身を包んだ壮年の男性が、椅子に腰かけていた。

「……王弟殿下だ」

カチンコチンに体を強張《こわば》らせながら、ルーカスが小さな声で教えてくれる。

（オウテイ？　って、まさか、王さまの弟⁉）

信じられない大物の登場に、カレンは固まる。その間に――

「ルーカス、ご苦労だった。下がっていい」

ルーカスはあっさりと退室を命じられてしまった。

心配そうにカレンを振り返りつつ、ルーカスは出ていく。

「さて、さっそく用件だが――カレン、君たちの店に注文だ。城の騎士に弁当を届けてほしい。毎日五十食。代金は君たちの言い値で払おう。……可能かな？」

マルティンから楽しそうに話しかけられて、カレンはハッと我に返った。

「ご、五十食ですか？」

カレンたちのお弁当屋みたいな小さな店にとって、毎日五十食は大口の注文だ。以前であれば捌《さば》ききれない数で、考えるまでもなく断っていただろう。しかし現在、配達するお弁当の数はピークより減っている。

(ギリギリ受けられない数じゃないわよね)

スパム食品店の妨害がある現状から考えれば、大喜びで飛びついてもいい依頼だった。

しかし、少し考えこんでから、カレンは静かに首を横に振る。

「……ありがたいお話ですが、辞退いたします」

「フム。……どうしてかな?」

「以前、お城への配達のお話は、お断りさせていただいたはずです」

「ああ。でも、あの時と今では、君たちの事情が変わった。……違うかい?」

どうやら、マルティンはカレンの店の状況を知っているようだ。

すぐに潰れてしまうほどではないが、このままスパム商店の妨害を受け続けたら、どうなるかはわからない。親馬鹿な団長は、カレンのお弁当が好きな娘のために、カレンたちに助け舟を出そうとしているのだろうか?

「君たちにとって、悪い話ではないはずだよ」

ニコニコと変わらぬ笑顔のマルティン。その横では、元帥《げんすい》が一言も発さず黙って話を聞いている。

それでもカレンは、もう一度首を横に振り――

「今の私たちでは、増えたお客さまに満足してもらえるお弁当を作り続けられる自信がありません。お断りさせてください」

はっきりとそう告げた。

醤油《しょうゆ》や味噌がなくても、美味《おい》しいお弁当を作ることはできる。その信念のもとにがんばっているカレンたちだが、醤油《しょうゆ》や味噌抜きのメニューを毎日考えるのは、なかなか時間がかかる作業だ。調味料が足りない分、調理そのものにも工夫が必要で、お弁当作りにかかる時間は確実に増えている。

かといって、売り物のお弁当を、手抜きで作るわけにはいかなかった。

(それに、食べ慣れたお醤油《しょうゆ》やお味噌を使った料理が食べたいって声だって、これから続々出てくるはずだもの)

それを解決できないうちに新たな注文を受ける余裕なんて、どこにもなかった。

きっぱり断るカレンを、なんだが嬉しそうにマルティンは見つめてくる。そして彼は元帥《げんすい》閣下に話しかけた。

「ね、閣下、言った通りでしたでしょう? 彼女は、無責任に上手い話に飛びついたりしない娘です。きちんと責任を持って仕事をしている。……彼女になら、下げ渡してもよろしいと思いますよ」

「え？」

なんの話だろう？　いったい何をカレンに下げ渡すというのか。

その時、ようやく黙っていた元帥《げんすい》が口を開いた。

「マルティン。まず私を、そのカワイコちゃんに紹介しろ」

「は？」

幻聴が聞こえたのかと思い、カレンはポカンと口を開く。そして目の前の威厳たっぷりな元帥《げんすい》閣下を凝視した。

（……この人、今、「カワイコちゃん」って言った？）

元帥《げんすい》閣下は、ふにゃりと表情を崩す。

「うわっ！　さっきのキリリとした表情もいいけど、この無防備な顔も庇護欲《ひごよく》を誘うな。マルティン、早く紹介しろ！」

元帥《げんすい》閣下は、待ちきれないと言うように、ガバリ！　と、席を立った。

それまで沈黙して下がっていたカムイが、カレンを守るように一歩前に足を踏み出す。

「……ああっ！　もう、閣下は、その残念な口をできるだけ閉じて、余計なことを話さないでくださいと、申し上げましたでしょう！」

マルティンが、頭を抱えて叫んだ。そしてカムイを見て続ける。

「カムイさんも殺気立たないでください。大丈夫です。閣下はこう見えて極度のヘタレですから。言うことはチャラくても、行動力が伴《ともな》いません。あなたの大切な〝主《あるじ》〟に手を出すなんてことは、決してできませんから」

きっぱり言い切るマルティン。上司に対してずいぶんな言いようであるが、元師《げんすい》はムッとした表情を浮かべつつも言い返さない。

そしてそれより、カレンには気になったことがあった。

(マルティンさん……今、私のことをカムイの「主《あるじ》」って言った?)

カムイの名を知っているのは、招聘状《しょうへいじょう》が届いた時点で予想していた。しかしまさかマルティンが、カレンがカムイの主《あるじ》だと知っているとは、思ってもみなかった。

混乱するカレンをよそに、元師《げんすい》にせっつかれたマルティンは、渋々《しぶしぶ》彼をカレンに紹介してくる。

「カレン、こちらは、アルヴィン・リードさま。我《わ》が国ヌーガルの元師《げんすい》にして王弟殿下でいらっしゃいます。まあ、あまり気にせず〝偉そうな人〟くらいに捉《とら》えておけばいいですよ」

「なんだ、そのざっくりとした紹介は！」

「ざっくりではありますが、真実でしょう。私は間違ったことを言っておりません。……それより、さっさと彼女にきちんと話をしてください」

元帥《げんすい》を叱りつけるマルティン。そんな彼の立場が、ものすごく気になる。

カレンの混乱をよそに、元帥《げんすい》は不満げにマルティンを睨《にら》みつけてから彼女に向き直り――満面の笑みを浮かべて、口を開いた。

「アルヴィンだ。肩書はいろいろあるが、あまり気にしないでくれるとありがたい。将来的には、『アル』と、少し恥じらいながら呼んでもらえると嬉しいのだが――」

「閣下！」

「わ、わかっておる！　なんだ。少しくらい冗談を言ったって、いいではないか。軍ではいつも、むさい男共に囲まれておるのだぞ。ちょっと癒《いや》しを求めるくらい、大目に見よ！」

「社交界では、美女に囲まれておいでではないですか」

「あんな化粧と衣装で飾り立てた肉食女子は、私の好みではない！　私は、清純で素朴な女性が好きなんだ。知っているだろう」

「ええ、知っておりますよ。そんな純真な女性相手に、ヘタレな閣下が想いも告げられず、何度も失恋しておられることも」

「マルティン――」

元帥《げんすい》は、涙目になった。カレンはなんだか彼が可哀想になってくる。

「いいから、さっさと話しなさい！」

とうとうマルティンに怒鳴《どな》りつけられて、見た目だけは立派な元帥《げんすい》は、ようやくカレンに用件を告げた。

「私からの依頼は、先ほどマルティンが話した通りだ。――毎日五十食、城へ弁当の配達を依頼したい。とりあえずは百日間。弁当の内容と食べた騎士の様子を見て、その後の継続や数の変更を検討する」

「百日間ですか？」

先ほどにはなかった期限の提示に、カレンは首を傾《かし》げる。

「そうだ。――実は最近、外門の騎士たちの仕事の効率が著《いちじる》しく上がっていると、多数報告されているのだ。調べたところ、どうやらそれは君たちの弁当を食べはじめてからのことらしい。弁当を食べることと、騎士の仕事ぶりが上がることとの関連を検証したい。そこでとりあえず百日間、城の騎士に弁当を食べさせてみたいのだよ」

いくら残業がないとはいえ、昼食を食べずに一日六、七時間働いていた騎士が、間に昼食をとって働くようになれば、作業効率が上がるのは当然だろう。昼食を食べている間は休憩時間にもなるから、エネルギー補給と同時に体も休められる。

カレンにとっては当然の結果だが、そもそも昼食の習慣のなかったこの世界では、検証が必要なことのようだ。外門の騎士の変化が調査の対象ならば、弁当の注文がカレンの店に来るのも当然である。

とはいえ、カレンが依頼に応じられるかは、また違う問題だった。

「申し訳ありませんが、お断りさせてください」

カレンの返事は、先ほどと同じだ。自分たちの事情が変わらない限り、この依頼を引き受けることはできない。

そんなカレンに、マルティンはいつも通りの飄々《ひょうひょう》とした態度で、声をかけてきた。

「……それは、君たちが醤油《しょうゆ》や味噌、酢を売ってもらえないせいかな？」

カレンは、息を呑む。

「知って——いらしたのですか？」

カレンの疑問の答えは、すぐ近くから返ってきた。

「私が話した」

「カムイ？」

カレンは呆然としてカムイを見上げる。

銀髪の聖獣王は、静かにカレンを見返してきた。

「先日、マルティンの家に弁当を持っていった時に話をして、助力を頼んだ。スパム食品店の妨害行為は、私たちの努力だけではどうにもできないだろう。……それに、ほかにも気がかりなこともあるし」

カムイは、かすかに眉をひそめる。

そういえばこの前は、カムイだけで配達に行ったのだった、とカレンは思い出す。

醤油《しょうゆ》や味噌を使わない新メニューを考えることに忙しかった彼女は、人間の姿で使用人にお弁当を渡してくると言ったカムイに、すべてを任せたのだ。まさかカムイがマルティンに自分の正体を明かし協力を頼むとは、思ってもみなかった。

「どうして、私に黙って？」

「言えば、主《あるじ》は反対しただろう。――私の正体を話すことをためらって」

マルティンに助けを求めることは、実はすでにカレンたちの間で一度話し合ったことだった。しかし、そうすると、より詳しい事情をマルティンに話さなければならなくなるだろう。困っているのが醤油《しょうゆ》や味噌、酢だけなのだと言えば、ではほかの食材はどうしているのかと聞かれるのは、目に見えている。それを説明するためには、カレンが聖獣の力を使っていることを明かす必要が出てくる可能性があった。

カレンがコグマの姿のカムイ――召喚獣を従《したが》えていることを知っているマルティンだが、シロクマの幼体一体だけで、お弁当の食材すべてを賄《まかな》えるとは思わないはずだ。そうなれば、カムイが幼体ではなく、立派な大人の聖獣だということくらいは話さなければならなくなる。

カレンは、それに断固として反対したのだった。

たとえ、カムイだけだとしても、彼らの正体をマルティンに――ひいては、この国の人間に明かすことは絶対しないと決めていたのだ。

「当たり前でしょう！　人間が聖獣を悪いことに利用しないとは限らないのよ。いくら今は平和で聖獣の力が必要ないと言っても、そんなのいつどうなるか誰にもわからないわ。……強い力を手にした人間が弱い人々を虐《しいた》げ、征服した歴史は多い。……私は、聖獣の力をそんなことに利用されたくないの！」

マルティンや元帥《げんすい》の存在を忘れて、カレンは怒鳴《どな》る。そんな彼女を、カムイは嬉しそうに見つめた。

「我らを心配してくれるのだな」

「決まっているでしょう！」

「主《あるじ》が我らを想ってくれるのは、天にも昇るほど嬉しい。――しかし、それは要らぬ心配だ」

「え？」

「人間ごときが我らを利用するなど、片腹痛い」

カムイは、ものすごく偉そうにそう言った。

「え？……だって、召喚されたら、その相手の言うことを聞かなくてはならないんでしょう？」

「私を召喚しているのは主《あるじ》だろう？　主《あるじ》はそんな命令をしない」

「そりゃ、私はしないけれど、ほかの人間が――」

「ほかの人間になど、我らが召喚されるものか」

元々、召喚魔法の使い手は極端に少ない。その使い手にしたって召喚できるのは下位の聖獣のみだ。

「私のような高位の聖獣が易々《やすやす》と召喚されるはずがない。ましてや相手の言うことを無条件で聞くなど、ありえぬことだ。召喚したのが主《あるじ》だからこそ、私はここにいる。ほかの人間に利用されることなどないし、またそんなことは、絶対させない」

一度言葉を切ると、ひと息ついてからカムイは続ける。

「唯一心配なのは、人間が主《あるじ》を誑《たぶら》かしたり、人質に取ったりすることだ。だからこそ前の話し合いの時は、主《あるじ》の意見を聞いたのだが、……よくよく考えれば、そんな事態になった時は、この国ごと人間を滅《ほろ》ぼせばいいだけだという結論に至ってな」

ニヤリと、悪そうにカムイは笑う。

引きつった笑みを浮かべながら、マルティンが言葉をはさむ。

「そんなことは絶対しませんので、あまり物騒な発言はやめてもらえませんか」

彼の隣では、元帥《げんすい》閣下が若干《じゃっかん》顔を青くしている。

「カレン、君もいったいどの国のどんな歴史を見て、そんな荒唐無稽《こうとうむけい》なことを思いついたのかな？　我々人間は神を敬《うやま》い、神の望まれる平和を愛する、穏やかな生物なんだ。……もちろん私利私欲に走った小競《こぜ》り合《あ》いも多少はするけれど、強者が力に任せて弱者を一方的に虐《しいた》げることなど、一切ない。……遥か昔、魔獣がこの世界に出没し、人の持つ負の感情を煽《あお》っていた時代には、大きな戦争もあったと聞くがね。我らは、魔界と人間界が隔絶されて以降は、国同士で争うことも皆無となった。四つの国の均衡がとれた今の状態に満足している。……君の心配は杞憂《きゆう》だよ」

マルティンの言葉に、カレンは目を瞬《またた》かせた。

（……そうか。ここは異世界だったんだわ）

争いの絶えない地球の歴史。一方、この世界は平和だ。神は、人間界を好戦的な魔獣の住む魔界から隔絶し、聖獣の住む聖獣界とだけ行き来を許している。このため、この世界に戦争はなく、人々は穏やかに暮らしていた。

聖獣を戦いに利用される心配など、まったく無用だった。

「まあ、君は旅芸人の一座で育ったというから、我々とは多少感覚が違うのかもしれないが。……彼らの語る戦記物は、遥か昔のことだよ」

カレンのウソ設定をまるっきり信じているマルティンは、優しく笑いかけてくれる。

そしてあらためてカレンに向き直った。

「君の事情はわかっている。その上で、もう一度弁当の注文を依頼したい。……醤油《しょうゆ》と味噌などの件は、こちらに任せてくれ」

「え？」

思わず聞き返すカレンに、今度は元帥《げんすい》が話しかけてくる。

「丁度、城に備蓄している調味料の入れ替えの時期がくるのだ。不要となる醤油《しょうゆ》と味噌、酢を、お前たちに下げ渡そう」

飢饉《ききん》や災害などなんらかの緊急事態に備えて、国は食料の備蓄を行《おこな》うものだ。ヌーガル王国でももちろん備蓄を行《おこな》っている。元帥《げんすい》はその備蓄をカレンに回そうと提案してきたのだった。

「むろん、ただというわけにはいかぬ。下げ渡した分は、弁当の代金に充当させてもらう。ただし、市場《しじょう》で買うより低めの金額で計算してもらってかまわないぞ」

得意そうにカレンを見てくる元帥《げんすい》。

「悪い話ではないと思いますよ。……依頼を引き受けてくれますか？」

悪くないどころの話ではなかった。どうしても手に入らなかった醤油《しょうゆ》や味噌などが、国から正々堂々買えるのだ。

「我らはまだまだ働ける。五十食くらい増えても、問題ない」

カムイもしっかり頷《うなず》いてくれて――

「はい。喜んでお引き受けします」

カレンは、満面の笑みでそう答えたのだった。

その後、カレンのお弁当屋は、以前通り……いや、以前以上の活気に満ちた。

「騎士の人が食べる分は、お肉がメインのガッツリ弁当がいいわよね。野菜も味つけや食感にメリハリをつけて、栄養満点、食べごたえのあるお弁当を作るわよ！」

何よりカレンが生き生きとしていることが、とても嬉しいアスランたちだ。

――城への配達の三日目。配達を終えて城の中庭を通り抜けながら、カレンの隣でアスランが久しぶりに上機嫌で笑う。

「カムイが、カレンに内緒でマルティンに事情を話すと言った時は心配したが、終わりよければすべてよしか」

「アスランたちも、みんな知っていたのね」

「……怒ったか？」

「そんなわけないでしょう。みんなが、私のために考えてやってくれたことだもの。……ありがとう」

カレンのお礼の言葉を受けて、アスランはますます嬉しそうだった。カレンの心も弾《はず》む。

しかしアスランは、突如《とつじょ》顔をしかめた。

「だが、あの元帥《げんすい》は気に入らないな。何かというとカレンのそばに寄ってきたがる。元《げん》帥《すい》なんて立場の奴が、なんで弁当の入荷に毎日立ち合おうとするんだ」

元帥《げんすい》どころか、王弟でもあるアルヴィン・リード。彼は何故か城のお弁当プロジェクトなるものの責任者に、マルティンを押し退《の》けて就任したそうだ。元帥《げんすい》閣下は、カレンがお弁当を配達してくるのを毎日待ち構えている。

「元帥《げんすい》っていうのは、そんなに暇なのか？」

「……平和な国だからかな？」

ハハハと、力なく笑うカレン。アスランの眉間には、しわが一本寄った。不機嫌そうに細められた目が、しかし次には見開かれる。

「噂をすれば影だ。……なんだ、女連れか。デレデレして、いい身分だな」

目のいいアスランが、中庭の向こうの道に元帥《げんすい》を見つけたらしい。

その言葉通り、元帥《げんすい》は隣に長い黒髪の女性を連れて歩いてきた。しなだれかかるように元帥《げんすい》に体を寄せる女性は、スラリとしていて、遠目にも美しく見えた。

「え？　あの人って」

その姿に、カレンは既視感を覚える。マジマジと見つめて……ハッ！　とした。

「アスラン、あの女性！　彼女、スパム食品店のお弁当屋の店員だわ！」

「なっ！　本当か？」

慌《あわ》ててアスランも女性を見つめる。目を凝《こ》らし……困惑した様子で眉を寄せた。

「……あれは？」

アスランが呟《つぶや》いた途端、女性が弾かれたように顔を上げ、こちらを見る。カレンとアスランを見つけると、彼女は慌《あわ》てて立ち去った。

「え？　どうしたの？」

「……………まさかな」

首を傾《かし》げるカレンと、戸惑いがちに小さく呟《つぶや》くアスラン。

そこへ、元帥《げんすい》がやってきた。

「やあ。どうやら彼女、君たちを見て逃げていったようだな。助かったよ。……自分の店から弁当を取ってくれと迫られて、困っていたんだ」

頭を掻きながら、ため息をつく元帥《げんすい》。

「どうかな？　鼻の下を伸ばしていたように見えたぞ」

「なっ！　そんなはずがあるかっ」

アスランの揶揄《やゆ》に、元帥《げんすい》は慌《あわ》てふためく。

「カレンさん！　君は信じてくれるだろう？　私には、君だけだ」

カレンにすがろうとした元帥《げんすい》は、呆気《あっけ》なくアスランに妨害される。

「お前に誰だけだろうとどうでもいいが、カレンは俺のものだ」

仮にも一国の元帥《げんすい》に対し「お前」呼ばわりする、俺さまアスラン。元帥《げんすい》やマルティンに、聖獣はカムイだけだと嘘を伝えているカレンたちなのに、アスランの態度は大きすぎだろう。

注意しなければいけないと思いながらも、カレンはアスランの「俺のもの」という言葉に、何故かドキッとした。

（ううん。きっと。俺の主《あるじ》とか、召喚主とかいった、そういう意味なんだろうけれど）

それでも、ドキドキは止まらない。

「なっ！　聞きしに勝《まさ》るシスコンだな。……しかし、私は負けぬ！　障害が多い方が燃えるタイプなのだ」

アスランの発言を受けて言い返す彼も、あまりにも元帥《げんすい》らしくない人だった。

「誰がシスコンだ⁉」

「君だ、君！　アスラン君のシスコンぶりは、兵の間で有名だぞ」

「俺とカレンは兄妹《きょうだい》じゃない！」

いつもの売り言葉に買い言葉。……しかし、今日の相手はルーカスではなかった。思わぬ変化球が、アスランに投げられる。

「――では、なんだ？」

元帥《げんすい》が首を傾《かし》げていた。

「あ？」

思いもよらぬ質問に、アスランは面食らう。

「兄妹《きょうだい》ではないというならば、君とカレンさんは、なんなのだ？　君たちは、家族同然に一緒に住んでいるのだろう？　仲もよさそうだし、血縁関係があろうとなかろうと、兄妹《きょうだい》みたいなものなのではないのか？　少なくとも、そんなにむきになって否定するのは、おかしいだろう。……まあ、夫婦だとでも言うのであれば、わからぬでもないがな」

爆弾発言だった！

「ふ、……夫婦⁉」

カレンは、悲鳴のような叫び声を上げた。

アスランは、ポカンと口を開け、固まっている。やがてポン！　と、顔を真っ赤に染めた。

それと同時に、カレンも頬を熱くする。

「なんだ！　なんだ！　その反応は！　まさか、本当に夫婦なのか？　カレンさんは、清純な乙女だと信じていたのに！」

元帥《げんすい》が、大声で騒ぎだす。

「ち、違います！　ふ、夫婦じゃありません！」

カレンは、ブンブンと首を振って否定した。

「では、やっぱり兄妹《きょうだい》でよいのだな」

ホッと安心する元帥《げんすい》。

「違う！　俺とカレンは兄妹《きょうだい》じゃない！」

しかし、何故かアスランは、それだけは譲《ゆず》れないようだった。

「では、いったいなんなのだ⁉」

元帥《げんすい》の大声が、城の中庭に響く。

――彼らが、スパム食品店の美人店員のことをすっかり忘れ去ってしまったことは、言うまでもない。

第七章「ラスボス召喚」

そんなこんなの日々が二週間ほど過ぎて、その日カレンは一人で店の留守番をしていた。

王弟からの注文を受け――王室御用達《ごようたし》の看板を得たカレンのお弁当屋は、ますます人気が出た。そのせいでさすがにアスランもカレンと別行動でお弁当の配達をしなければならなくなったのだ。

城での一件以降、以前にも増してギクシャクしてしまっていた二人である。そのせいかアスランはあっさり別行動を受け入れた。

そのことが少し寂しいカレンだ。

(別に、避けられているとかじゃないし……二人っきりにならないだけで、みんなと一緒にいる時は、普通だし――)

気にするようなことは何もないはずなのに、何故か不安になってしまう。カレンは、自分で自分の心がわからなかった。

カレンがアスランと別行動になることに最後まで強く反対したのは、当事者の二人ではなく、カムイだった。心配性のシロクマの聖獣は、カレンが一人では自分の店から絶対出ないと約束したことで、渋々《しぶしぶ》納得してくれた。

「本当に、カムイは年頃の娘を持ったお父さんみたいよね」

最近とみに心配性に拍車がかかったような気がする。この平和な世界で、カムイはいったい何を警戒しているのだろう？

首を傾《かし》げながら、ぼんやりと外を眺めるカレン。

王都の住宅街の一角にある店の前の道は、いつも人通りが多いのに、今日は何故か閑散としている。石畳が光を反射して白く見えた。

そこに、黒い影が落ちる。

カレンが目を瞬《またた》かせると、そこには一人の青年が立っていた。

（あれ？　いつの間に？）

青年が道路を歩いてきたことに気がつかなかったカレンは、首を傾《かし》げる。彼は、本当に忽然《こつぜん》とその場に現れたように見えた。

（……それにしても、すごくキレイな男の人ね）

艶《つや》やかな長い黒髪に、切れ長な黒い目。白い肌で整った容貌《ようぼう》。アスランたちと暮らし美形を見慣れているカレンでも、ハッと目を奪われるような美貌《びぼう》だ。そして何故か……見覚えがある。

（……いったい、どこで？）

こんなイケメン、一度会ったら忘れるはずがないのに、と考えこみ——

「っ！　あ～っっっ！」

カレンは大声を出して、座っていた椅子から立ち上がった。

その美青年は、ライバル店の美女に瓜二《うりふた》つだった。噂で聞いた、双子の片割れに間違いないだろう。

素《す》っ頓狂《とんきょう》なカレンの叫び声を聞いた美青年は、フッと、おかしそうに笑った。

「あ！　あのっ！」

大声で話しかけようとしたカレンから離れるように、青年は一歩後ろに下がる。

カレンは、慌《あわ》てて前に出た。ライバル店の人と、一度話してみたかったのだ。

「待って！」

カレンの言葉が聞こえないかのように、青年はまた一歩遠ざかった。

「そのっ、話を聞いてください！」

追いかけて店の外に出ようとするカレン。彼女の頭の中からは、カムイと交わした、絶対店の外に出ないという約束が抜けていた。

店の扉を開けて足を一歩踏み出し――その瞬間、目の前の青年がニヤリと口角を上げる。

「え？」

カレンの踏み出した足は、地に着かなかった。

青年の体から噴き出した真っ黒な闇が、カレンの体を包みこむ。

瞬《まばた》きするほどの間の後で――そこには、誰もいなくなった。

まるで、はじめから誰一人存在しなかったかのように、無人のお弁当屋がそこにあった。


気づけば、カレンは暗闇の中にいた。

周囲に明かりは何もなく、それなのに自分の体は見える。よくよく見れば、不思議なことに彼女の体は、淡い水色の光を発していた。

「ここは、どこ？」

自分の周り以外何一つ見えない闇だが、冷えた空気の流れから、カレンはここが屋外だろうと察する。上空に向かい、精一杯手を伸ばした。視界の中に、ぼんやり光る自分の手が映り、カレンはブルリと体を震わせる。

この世界の夜は、雨降りの日以外は満月が輝き、月が細る日は一日もない。

(私は、また別の世界に来ちゃったの？)

呆然として……絶望した。

別の世界——それは、アスランやカムイ、ウォルフ、アウルがいない世界ということだ。カレンの聖獣たちが、存在しない世界。

「……いやよ！　いや！　みんなと離れるなんて、絶対いや！　ここは、どこ!?」

彼女は、大声で叫んだ。しかし声が闇に吸いこまれ、消えていく。しんと静まり返り、反応は何もない。カレンの胸の中に、大きな不安が広がった。

「誰かっ！　誰か、いませんかっ！」

なおも大きく声を張り上げる。なんの反応もないのかと思った、その時——

突然、目の前に男が現れた。

「ひっ！」

カレンは驚いて息を呑む。

「うるさい」

長い黒髪に黒い瞳、整いすぎて人形のような顔。暗闇の中、光っているわけでもないのに、何故かはっきりと浮かび上がって見えるスラリとした長身。

不機嫌にカレンを睨《にら》みつけてくる美青年は、ライバル店のお弁当屋の店員である双子の片割れだった。

冷え冷えとした目で見られたが、カレンはホッとする。この青年がいるということは、少なくともここは別の世界ではない。安堵《あんど》したカレンは、思わずふわっと微笑《ほほえ》んだ。

男は、表情をムッとさせる。

「この状況で笑えるなんて、能天気な奴だな」

彼は声まで美声である。もっとも、言っている内容は愛想の欠片《かけら》もなかったが。

「あの……ここは、どこですか？　どうして私はこんなところにいるんでしょう？　あなたは、スパム食品店のお弁当屋さんの店員さんですよね？」

カレンの矢継《やつ》ぎ早《ばや》の質問に、男はますます顔をしかめる。

「お前には、危機感とか警戒心とかいうものがないのか？」

心底あきれたように言われて、カレンは首を傾《かし》げた。

「え？　だって、あなたは双子の店員さんでしょう？　あなたを直接見たことはないけれど、お姉さんか妹さんの方は二回見たことがあります。とっても美人で、あなたにそっくりな方ですよね」

こんなに似ているのだ。双子で間違いないだろうと、カレンは思う。相手が店員ならば、カレンに敵対心はない。むしろ知り合って話をしたいと思っていたくらいなのだ。

「俺には、姉も妹もいない」

だが、男はカレンの質問を否定した。素っ気ない声に、元々暗かった暗闇が、なお冷え冷えと感じられる。

「本当に？」

「俺に、家族はない」

男のこの答えは、カレンの胸を刺した。彼は、カレンと同じく天涯孤独《てんがいこどく》の身の上なのか。

(ううん。違うわ。私には、アスランたちがいる)

たちまち同情心いっぱいに、男を見るカレン。

そんな彼女を、男はバカにしたように見返した。

「お前が見たのは、俺だ。——双子のきょうだいなど、最初からどこにもいない。俺が変化《へんげ》した姿を見た愚かな人間たちが、勝手に誤解しただけだ」

美しい顔に侮蔑《ぶべつ》の表情を浮かべ、男は口角を上げる。

「へ、変化《へんげ》？　……愚かな人間って」

変化《へんげ》と聞いて思い出すのは、アスランたちが聖獣から人型となった時のこと。目の前の青年の言いようは、まるで彼が人間ではないみたいだ。

「人型をとるにあたって、弁当を売るために一番効果的な姿を俺は選んだ。男の多い職場では女の姿に、女の多い職場では男の姿になった。それを見た人間たちが、勝手に俺を双子のきょうだいだと思いこんだだけだ」

フンと男は鼻を鳴らす。

カレンは、まじまじと彼を見つめた。

「……あなたは、ひょっとして聖獣なの？」

自《みずか》らの姿を自在に変えられるものを、カレンは聖獣以外に知らない。まさか男女どちらにもなれるだなんて思わなかったが、聖獣ならば可能なのかもしれない。

しかし男はものすごく嫌そうに顔を歪《ゆが》めた。

「俺を聖獣などと、一緒にするな」

「え？　でも」

聖獣でなければ、いったいなんだというのだろう。

「聖獣ではない。俺は……………魔獣だ」

男の言葉に、カレンは息を呑む。

「――っ、魔獣!?　え？　だって、魔獣って、魔界に住んでいるのでしょう。魔界と人間界は、行き来できないって――」

四層になっているこの世界の最下層である魔界。魔界はほかの界から隔絶されている。

そこに住む魔獣も、当然ほかの界には出現できないはずだった。

(この前、マルティンさんが、遥か昔は魔獣がこの世界に出没していたって言っていたけれど……でも、それは本当に昔の話で、今はそんなことないはずなのに)

戸惑うカレンに、自分は魔獣だと言った青年は、面白そうに笑う。

「俺が人間界に来られたのは、お前のおかげだ。——異世界の娘」

カレンは、大きく目を見開いた。

魔獣は、おかしくてたまらないと言うように、クックッと喉《のど》を鳴らす。

「お前がこの世界に落ちた時、神は慌《あわ》ててこの世界に空《あ》いた穴を塞《ふさ》ぐ工事を天使に命じた。本来そういった工事は、神自《みずか》らが指揮し完璧に行《おこな》うものだ。しかし、お前という異分子の対応に追われた神は、すべてを天使に任せ、工事の監督をしなかった。異世界との穴を塞《ふさ》ぐ工事は、この世界にもわずかな歪《ゆが》みを生んだのさ。……俺は、その歪《ゆが》みに紛れて、人間界に渡った」

直後、神は歪《ゆが》みに気づき、今度は自《みずか》ら指揮監督しすぐに修繕《しゅうぜん》したのだが、すでに後の祭り。魔獣は人間界の中にひそみ隠れていたのだ、と笑いながら告げる。

「とはいえ、さすがは神だ。歪《ゆが》みに残った俺の気配に気づいたんだろう。シロクマの聖獣王に指示を出していたようだがな。……おかげで俺は好き勝手に力を使えず、弁当屋なんて面倒くさいことをしなければならなくなった」

話しながら、忌々《いまいま》しそうに舌打ちする魔獣。

「指示って？」

「魔の気配を探《さぐ》り、人間界から俺を炙《あぶ》り出すことだ。俺が大きな力を使えば、シロクマはたちどころに俺を見つけ出し、排除しようとしただろう。……せっかく苦労して人間界に来たのに、人間をいたぶれずに追い返されるなんて、魔獣の名折れだ」

魔獣は人間の悪《あ》しき心を操《あやつ》るもの。人間の持つ憎《にく》しみ、妬《ねた》み、怒りや強欲などの負の心を煽《あお》り、人々の間に争いと悲しみを撒《ま》き散らす。

だからといって魔獣が、人間にとってまったく必要のない悪《あ》しき存在なのかと言えば、そうではない。人間は良き心も悪《あ》しき心も両方持っている。欲求や妬《ねた》みが向上心につながり、いい結果をもたらすこともよくあることだ。魔獣の存在が、人間の文明の発展を促《うなが》すこともまた、事実なのである。

しかし、遥か昔、魔獣は力の加減を誤った。人間に対し過度に干渉し、大きすぎる戦争を起こし、人間を滅亡寸前にまで追いこんだのだ。

このため、神は魔獣を人間から引き離し、魔界に閉じこめた。行き来を禁じて、界を隔《へだ》てたわずかな干渉しか、できないようにしたのだ。

「俺たち魔獣にとって、人間の心は最高のおもちゃだ。ほんの少し悪意を吹きこんでやるだけで、面白いくらいコロコロと転がり落ちていく。膨《ふく》れ上がった野心をちょんと突いて破裂させる瞬間の快感なんて、どんな喜びにも勝《まさ》る」

どこかうっとりと、魔獣の青年は話す。魔獣は魔界から、虎視眈々《こしたんたん》と人間界に渡れる時を狙っていたのだ。そしてその機会が、カレンがこの世界に落ちた時に訪れた。

「好き勝手に暴れれば、すぐさま神に居場所がばれて、追い払われてしまう。それに、長い間俺たち魔獣のいなかった人間界は、平和ボケしていてな。人間どもの悪《あ》しき心は、小さく消えそうになっているし……孤児院で少し力を使ってみたが、あまり捗々《はかばか》しくなかったしな」

「孤児院!?」

それは、ルーカスが育ったあの孤児院のことだろう。カムイが〝悪い気〟が溜まっていると言っていたが、どうやらそれは魔獣のせいだったらしい。

「ようやく院長の負の心が育ってきたかと思えば、偶然やってきた聖獣共に消されてしまうし、散々だ。……まあ、人間界に来た時から接触していたスパム食品店の店主の方は、上手くいったがな」

神やカムイに見つからないように、魔獣は人間の中で弄《もてあそ》べる悪《あ》しき心をこっそり探していたようだ。人型となった魔獣は、自分の住処《すみか》としてスパム食品店に目をつけた。元々業突張《ごうつくば》りだった店主の心は、魔獣にとって好ましいものだったという。しかも店主は、自分の店から商品を買わずに新規事業を成功させているカレンたちに不満を抱《いだ》き、鬱屈《うっくつ》と忌々《いまいま》しさを心の中に募《つの》らせていったそうだ。

「彼の悪《あ》しき心を増長させるのは、孤児院の院長よりも、ずっと簡単だった。お前たちにちょっかいをかけるのは少々危険だったが、成功すれば邪魔な聖獣連中もまとめて排除できるからな。ライバル店を作って、妨害工作をして、意気消沈《いきしょうちん》したお前たちが人間の国から出ていけば、俺にとっては万々歳《ばんばんざい》だったのに――」

得々と話していた魔獣は、ここで、憎《にく》らしげにカレンを睨《にら》みつける。

「お前は、しぶとすぎる」

そんなセリフとともに、魔獣は人さし指をビシッ！　とカレンに突きつけた。

「……しぶといって」

カレンはポカンと口を開ける。

「顧客を奪ってやれば、それにもめげずコーヒーなんて新しいサービスをはじめるし、醤油《しょうゆ》や味噌などの購入を妨害しても、それを使わない新商品を開発する。……挙《あ》げ句《く》の果てに、人間の王族から別ルートで醤油《しょうゆ》や味噌などを手に入れた。……意気消沈《いきしょうちん》して逃げ出すどころか、ますます元気になるなどとは、お前はクマムシか！」

クマムシは、非常に生命力の強い生き物で、過酷な環境に陥《おちい》っても生き長らえる。宇宙空間でも生き延びることが証明されている。

「……この世界にも、クマムシっているんですね」

「お前がツっこむべきところは、そこじゃない！」

怒鳴《どな》る魔獣。

一方、カレンはいろいろなことが腑《ふ》に落ちて、スッキリしていた。どんなに考えてもわからなかったスパム食品店の行動。それもこれも、この魔獣だという青年のせいなのだと思えば、理解できる。

「そうか、そうだったんですね。スパム食品店の店主さんは、魔獣に心を操《あやつ》られていたんですね」

疑問が解けて嬉しそうなカレンに、魔獣の青年は忌々《いまいま》しげに舌打ちする。

「まあいい。それもこれまでだ。……運よく一人になったお前を攫《さら》うことができたからな。この空間は、人間の町の上空に俺が作り上げた闇の空間だ。たとえ、聖獣や神であっても、この闇を見つけることはできない。光も何もないこの中では召喚陣が描けないから、召喚魔法も使えまい。お前は一人で死んでいくんだ。……お前が死ねば、お前の召喚した聖獣たちも人間界からいなくなるだろう」

満足そうに頷《うなず》く魔獣。

物騒な言葉に、カレンは驚き――そして、「え?」と首を傾《かし》げた。

「……光も何もない?」

「そうだ」

「でも、私、光っていますよね?」

ぼんやりと淡い水色の光を纏《まと》う自分の体を見下ろしながら、カレンは首を傾《かし》げる。

魔獣は、不思議そうな顔をした。

「誰が光っている?」

「私です」

「どこが?」

どうやら魔獣にはカレンの光は見えていないようだ。

彼女を守るように包みこむ、淡い水色の光。それは、まるでカレンの世界の――地球の神のような光だ。

『お前に祝福を! カレン、私の子! ……この世界で、お前の望みが叶うように!』

ふいに、カレンの脳裏に、最後に水色の神からかけられた言葉がよみがえった。

（ひょっとして、この光は、地球の神様からの私への祝福？　私、ずっと守られていたの？）

今まで気づけなかったこの光は、カレンの危機に合わせて光りはじめたかのようだった。

（だとしたら――）

カレンは、スッと、自分の目の高さまで指を上げた。そのまま迷わず空中に召喚陣を描き出す。

それは、カレンの聖獣たちを喚《よ》び出す召喚陣だった。何かあった時にと、ウォルフに教えてもらっていたのだ。

指から発せられる光が、闇に陣を浮かび上がらせる。

「なっ！　お前、この暗闇の中、何故そんなに正確に召喚陣を描けるんだ⁉」

実際、見えているのである。それに、多少不正確であったとしても、カレンの場合はありあまる召喚魔法の力で、カバーできるだろう。

焦った魔獣が手を伸ばす寸前に、カレンの召喚陣は完成した。

「助けて、みんな！　――アスラン！　ウォルフ！　アウル！　カムイ！」

カレンの声が響いた瞬間、闇にビシッとひびが入り、そこから光が湧きだした――

◇

――時は少しさかのぼる。

カレンが魔獣に連れ去られた瞬間、アスランたち四人は異常を感じ取った。それぞれの出先から、彼らは空間を飛び越え、店に戻る。

「カレン！」

しかし、彼らの声に、返事はなかった。

店は開きっぱなしで、商品のお弁当も出したまま。あろうことか、売上金を入れる小型の金庫まで無防備に出ていた。その何もかもが、今しがたまでカレンがここにいたということを物語っている。

こんな状況でカレンが自ら《みずか》店を出ていくはずはない。彼女の身に予期せぬ何かが起こったことは間違いないと思われた。

その上、どれほど気配を探しても、誰一人としてカレンの存在を感じることができないのだ。

契約を交わした主《あるじ》の気配を失い、聖獣たちの胸に痛いほどの焦燥感《しょうそうかん》がこみ上げる。

「クソッ！　いったいカレンはどこに行ったんだ⁉」

興奮したアウルの周囲に風が巻き起こり、極彩色《ごくさいしき》の髪を吹きあげる。

「俺たちが、居場所を探《さぐ》れないなんて！」

いつも冷静なウォルフも、歯軋《はぎし》りして怒りを露《あら》わにした。

一方、アスランは愕然《がくぜん》として立ちすくんでいる。ギュッと唇を噛《か》み、信じられない――いや、信じたくないといった表情で、カレンのいなくなった店内を睨《にら》みつけている。

「アスラン！　お前のせいだ！」

そんな彼に、アウルが怒声を浴びせかける。

「お前が、カレンのそばを離れたから！　だから、こんなことになった！」

アスランに反論の言葉はない。言われるまでもなく、彼自身がそう思っているのだろう。

何も言わないアスランに、なおもアウルは言い募《つの》る。

「好きなくせに！　カレンが、好きで好きで仕方ないくせに！　自分で自分の心に戸惑って、カレンから離れるだなんてバカをして！　……お前なんかにカレンを任せるんじゃなかった。カレンもお前を好きみたいだから……彼女の気持ちを考えて、俺は身を引いていたのに。……そんなことするんじゃなかった！　無理やりにでもカレンを奪うんだった！　俺のものにすればよかったんだ！」

「きさま！」

さすがにアスランが、殺気立つ。掴みかかってきたアスランの手を、アウルはパン！と払った。

「俺だってカレンが好きだ！　誰よりカレンに幸せになってほしいと思っている！　いつも元気で明るくて、料理でもなんでも一生懸命で一緒に暮らせば暮らすほど好きになる！　あんな主《あるじ》は、世界中探してもどこにもいない！　……もしも、カレンに何かあったら、アスラン、お前を殺してやる！」

アウルは、本気で叫んだ。

「当然だな。……カレンが無事に戻らぬようなら、俺は、アスラン——お前を引き裂いてやる」

静かなウォルフの言葉は、それゆえに、彼の本気を感じさせた。

ある日突然この世界に現れ、こともあろうに聖獣王である彼らを、次々と召喚した少女。神より授《さず》けられた強大な力を持ちながら、彼女の望みは家族を持つことだけだった。

あまりにささやかな望みと、彼女の作り出す美味《おい》しい料理に興味を引かれて契約した聖獣たち。

はじめは単なる物珍しさだけだった。なのに、カレンと過ごす楽しい日々と美味《おい》しい料理が、聖獣たちの心を変えたのだ。孤高で、ほかのどんなものも必要としなかった彼らが知った、優しい少女の心と、温かな料理。

聖獣たちにとって、カレンの存在は、すでになくてはならないものとなっていた。アウルもウォルフも、カレンと離れて生きるなど、もはや考えることすらできない。

そして、アスランにとっては、カレンの存在はそれ以上のものとなっていた。

彼女がいないとわかった途端、アスランの体は恐怖に震えたのだ。誇り高く、今までどんなことにも恐れなど感じたこともない獅子《しし》の聖獣王。その彼が、茫然自失《ぼうぜんじしつ》とする。

アウルに指摘され、ここ最近カレンを避けたわけが、ようやくアスランの腑《ふ》に落ちた。

カレンのそばにいると、アスランはそわそわと心が落ち着かなかった。彼女の一挙手一投足が気になって、なのにカレンから見つめられれば、ドキドキと胸が高鳴り、どうしたらいいかわからなくなる。もっとずっとそばにいたいと思うのに、そんなことをしたら、自分が自分でなくなるような気がして……アスランは、カレンから、ほんの少し距離をとった。

並外《なみはず》れて高いプライドを持っていた獅子《しし》の聖獣王は、そんな自分に戸惑ったのだ。――誰かを好きになって、変わっていく自分に。

（そう。好きだったのに……俺は、バカだった）

自分など、どうなろうと気にしている場合ではなかった。好きな相手から自《みずか》らの意志で離れるなど、とてつもなく愚かな行為だ。

そのせいで、カレンは行方《ゆくえ》不明になったのだから。

「そうだ。……俺のせいだ。俺がそばにいれば、カレンを守れたのに……俺は！」

アスランが叫ぶ。その声は悲痛で、まるで血を流し傷ついているようだった。

自分を責めるアスラン。そんな彼に、今まで黙っていたカムイが静かに声をかけた。

「お前だけのせいではない。私も悪かった。私は、こうなる危険もわかっていたのだ」

カムイの言葉に、全員が驚いて彼を見る。

シロクマの聖獣王は、後悔にくれた表情で語り出す。

「私が神より、主《あるじ》――カレンを守るよう命じられたのは、以前話した通りだ。……その時、人間世界に魔獣が入りこんだ可能性があると、告げられた」

「魔獣！」

アスランたちが、息を呑む。

カムイは、魔獣について神から聞いたことを、アスランたちに話して聞かせた。

「――神は、カレンを守りながら、私に魔獣の気配を探すようにと命じられた。それと同時に、魔獣が入りこんだという確かな証拠が得られないうちは、いたずらに不安を与えぬよう他言無用《たごんむよう》とも言われたのだ」

そのためカムイは、誰にも言わずに自分一人でひそかに魔獣を探していた。

「……だから、あんなに強くカレンが一人になることに、反対していたんだな」

得心《とくしん》がいったというように、ウォルフが呟《つぶや》く。

「ああ。……私は、スパム食品店の陰に魔獣がいるのではないかと疑っていた。スパム食品店にとって、一番目障《めざわ》りなのはカレンだ。もしも本当に魔獣がいるのならば、カレンは狙われるかもしれない。……しかし、確証は何もなかった」

すべてが推測の域《いき》を出ないため、カムイは強い対応策を取ることができなかった。その結果が……カレンの失踪《しっそう》だ。

「すまなかった。私の責任だ」

カムイは深く頭を下げる。そのまま上げられることのない銀髪の頭は、カムイの後悔の深さを表している。

「……カレンは、魔獣に攫《さら》われたかもしれないということ？」

ポツリとアウルが呟《つぶや》く。

「そうだ」

苦渋に満ちた声で、カムイが肯定した。

途端、アスランが身を翻《ひるがえ》す。今にも店を飛び出しそうな獅子《しし》の聖獣王の腕を、ウォルフが掴んだ。

「離せ！　魔界に行って、カレンを助ける！」

「どこへ行くつもりだ⁉」

「バカを言うな！　我ら聖獣が魔界に行けるはずがないだろう。それに、カレンが魔界に連れ去られたとは、まだ決まっていない！」

焦るアスランを、一見《いっけん》冷静に諭《さと》すウォルフ。しかし、アスランの腕を握《にぎ》るウォルフの手には血管が浮き出るほど力が入っていて、狼の聖獣王の焦燥《しょうそう》を如実《にょじつ》に物語っている。

アスランは声を荒らげた。

「クソッ！　カレンはどこに行ったんだ⁉」

「おそらく、魔獣が人間界に張った結界の中だろう。主《あるじ》がこの世界に来た時、魔界と人間界の間に歪《ゆが》みが生じて、魔獣はそれに紛れてこちらへ来たらしい。その歪《ゆが》みはすでに修復されているから、神が魔獣を魔界へ追い返すことはできても、魔獣自《みずか》ら魔界へ戻ることはできない」

アスランの叫びに答えるカムイの声には、苦々しさがにじむ。

「カレンは、無事なのか？」

アウルの声は、不安で震えていた。

「カレンには彼女の世界の神の加護がついている、と神はおっしゃっていた。簡単には、傷つけられないと思うのだが――」

それでも、カムイの言葉の確証はない。

アスランはギュウッと両手を握《にぎ》りしめた。

「俺を喚《よ》んでくれさえすれば……カレン！　カレン！　俺を喚《よ》べ!!」

声を限りに、アスランは叫んだ。その時――

『助けて、みんな！　――アスラン！　ウォルフ！　アウル！　カムイ！』

聖獣たちの脳裏に、カレンの声が響く。一瞬にして、彼らはその場から消え失せた。

◇

ガラガラと、カレンを包んでいた闇が崩れ去っていく。

「カレン！」

「カレン！」

「カレンちゃん！」

「主《あるじ》！」

四つの声が響いて、眩《まぶ》しさに目をつぶったカレンを、力強い腕がギュッと抱き上げた。

いわゆるお姫様抱っこの体勢だと気づき、カレンは慌《あわ》てて腕を上げて、相手の首に回す。

「……無事でよかった」

耳元で囁《ささや》かれる、泣き出しそうな掠《かす》れた声。

「アスラン」

開いた目に飛びこんできた赤い色に、カレンはホッとする。

彼女を心配そうに見つめる整った顔の向こうには、青い空と、輝く太陽……そして昼間の満月が見えた。間違いなく、ここはカレンの暮らす世界だ。

そのことが、泣きたいくらいに嬉しい。

「アスラン！」

「カレン。もう二度と離さない！」

深く、深く抱きしめられ、大きな体に押しつけられる。

カレンも、ギュッと抱きしめ返した。そして見つめ合い――

「そこっ！　感動の再会は後にしろ！」

「今は、この魔獣をやっつける方が先だろう！」

「っていうか、アスランばっかりズルイ！　俺だってカレンちゃんを抱きしめたい！」

――聖獣三人に大声で怒られた。

慌《あわ》てて周囲を見回せば、そこには聖獣の姿に戻った仲間たち――黒い狼と極彩色《ごくさいしき》の鵬《おおとり》、白銀のシロクマが宙に浮いている。

そう、ここは空中だった。

アスランにお姫様抱っこされているカレンだが、人型をとっているアスランの足元には地面がない。下を覗《のぞ》いて、遥か遠くにおもちゃみたいな町が見えた途端、カレンはめまいを覚えた。気を失いそうになり、焦ってアスランの首に回した両腕に一層力を入れる。

落ちたら絶対に死んでしまう高さだ。

カレンに強くしがみつかれて、アスランは一瞬頬を緩めたが――すぐにキリッと表情を引き締め、前を向いた。

「よくも、カレンに手を出したな」

アスランの視線の先には、同じく宙に浮かぶ長い黒髪の青年――魔獣がいる。

「その罪、万死《ばんし》に値《あたい》する」

「俺たちのカレンちゃんを攫《さら》うだなんて」

「叩き潰してくれる！」

ウォルフ、アウル、カムイの順で、怒声が空に響き渡った。

「ハッ！　人間風情《ふぜい》に召喚された聖獣などに、俺が倒されるものか！」

魔獣はそう言うなり拳《こぶし》を握《にぎ》りしめ、バッ！　と両腕を開く。ドス黒い霧《きり》が体から噴き出し、人型の体を包む。

彼の姿がすべて霧《きり》に呑みこまれた次の瞬間、霧《きり》を吹き飛ばし、一体の巨大な龍が現れた！

黒光りする鱗《うろこ》に包まれた長い体と、枝分かれした二本の大きな角。大きな口には鋭《するど》い牙《きば》が並び、四本の足には五本のかぎ爪が光る。

ギロリと見開かれた目は黄金で、爛々《らんらん》と輝き、カレンを睨《にら》みつけていた。

「龍王か!?」

アスランが叫ぶ。どうやらあの黒龍は龍王というらしい。

「相手にとって不足はない！」

アウルが翼を力強く羽《は》ばたかせた。

「ガオォォォォッ！」と吠《ほ》えたウォルフが、空《くう》を蹴り、龍に飛びかかる。

ウォルフをスルリと躱《かわ》した龍は、なおも高く飛び上がり、上空から稲妻を呼ぶ。

「こんなもの、当たるものか！」

ヒラリと避けたウォルフとアウル。しかし——

「このバカ！」

突如《とつじょ》叫んだカムイが慌《あわ》てて下降し、稲妻を自《みずか》らの体で受け止める。

「グオォッ！」

バリバリと光を体に纏《まと》わりつかせ、白銀のシロクマが苦しむ。カレンは悲鳴を上げた。

「きゃあぁ！　カムイ！」

「……ここで、我らが避《よ》ければ、稲妻は地上の人間を襲うだろう。主《あるじ》は自分が助かっても、ほかの人間たちに被害が及んだら悲しむ人だ」

呻《うめ》きながらカムイは顔を上げ、龍を睨《にら》みつけた。カムイは、体を張って地上の町を守ったらしい。

彼の言葉に、聖獣たちが揃《そろ》って顔を歪《ゆが》める。

「ハハッ！　その通りだ。ほらっ！　逃げればお前たちの代わりに地上の人間どもが死んでしまうぞ」

高笑いした龍は、次には氷のつぶてを生み出した。それを首の一振りで、ぶつけてくる。

避《よ》けるに避《よ》けられず、ウォルフとアウルは身を硬くした。

それを見たアスランは、あっという間《ま》にカレンを背中に背負い直しながら、聖獣姿へと体を変じる。翼を持つ赤き獅子《しし》が、咆哮《ほうこう》を上げ空気を震わせた。

同時に空中に出現した炎の塊《かたまり》が、氷のつぶてをすべて溶かす。

「お前の好きにさせるかっ！」

怒鳴《どな》ったアスランは、そのまま炎の塊《かたまり》を龍に襲いかからせた。

龍は長い体をうねらせて、炎を躱《かわ》す。

「逃げ切れると思うなよ！」

羽《は》ばたいたアウルが龍の頭上に移動し、そこから急降下して体当たりを仕掛けた。鋭《するど》い嘴《くちばし》が龍の鱗《うろこ》を剥《は》いで血を流れさせる。

「きさま！　よくも！」

龍は長い尾を勢いよく振って、アウルに叩きつけた。

「ぐっ！」

吹き飛ばされたアウルの体を、ウォルフが自《みずか》らの体で受け止める。

「気をつけろ。お前のような巨体が落下したら、それこそ人間の町が壊滅《かいめつ》する」

「巨体はないだろう。俺は、この中で一番スマートなんだぞ！」

「だから吹き飛ばされたりするのだ。……見ていろ。体当たりとはこうするのだ！」

叫ぶなり、カムイが文字通りの巨体で、龍に突っ込んでいく。

——そこからは、目に捉《とら》えることも難しいほどの、激しい乱戦となった。

次から次へと龍に襲いかかる聖獣たちと、間一髪でそれを躱《かわ》す龍。

四対一の戦いなのに接戦だ。それは、聖獣たちがカレンや人間の町を庇《かば》いながら戦わなければならないのに、龍は人間の町を盾に取って戦うせいだった。

「退《ど》けっ！　俺が一気に焼き払ってやる！」

苛立《いらだ》つアスランをカムイがなだめる。

「阿呆《あほう》！　よせ。お前の炎の一片でも下に落ちれば、人間の町は消滅するぞ！」

「クソッ！」

龍はしぶとく聖獣たちから逃げ回る。

それでも、やはり数の差で、聖獣たちは徐々に龍を追い詰めていった。

「ボロボロだな、いいざまだ。……いい加減に降参して、魔界に帰りやがれっ！」

長い体のあちこちから血を流す龍に、アスランが怒鳴《どな》りつける。

龍は大きく息を乱しながらも、ギラギラと光を失わぬ黄金の目で睨《にら》み返し、ニヤリと笑った。

「ハッ！　お断りだ。……このまま、おめおめと逃げ帰るくらいなら——」

そう言った途端、龍は体を翻《ひるがえ》し、地上めがけてまっしぐらに突っ込んでいく。

「なっ！」

「バカな！　あいつ、地上に激突するつもりか⁉」

「人間の町を道連れにするつもりなんだ！」

「クソッ！」

龍の意図を悟《さと》った聖獣たちは、アスランを残し全員龍を追う。

「アスラン！」

カレンの声に、彼は首を横に振る。

「ダメだ。俺たちは行かない。ここで待つんだ」

カレンを守ることを第一にするアスランは、そのまま空中にとどまった。彼の背から身を乗り出し、カレンは龍と仲間たちを見る。

みんな必死で追いかけているが、龍の方が速い。このままでは龍が突っ込み、町は吹き飛んでしまうだろう。それどころか、追いかけた聖獣たちまで傷つく可能性があった。

「なんとかならないのっ⁉」

絶望の中で、カレンは叫ぶ。

小さな小さな、眼下の町。しかし、そこには多くの人間が暮らしている。

「このままじゃ、みんな死んじゃう!」

ギリリと、アスランが歯を食いしばる音がする。カレンも両手を握《にぎ》りしめた。

「何かっ! 何か、止める方法は——」

必死に考える。

その時、大地をめがけて落ちていく龍の後ろに、一直線の飛行機雲が生じた。気圧変化でできる飛行機雲だ。

その雲に既視感を覚え——カレンは、ハッとする!

(あれは、はじめてアスランを見た時の飛行機雲と同じ……もしかして!)

カレンは、飛行機雲の先頭部分——龍に向かい、両手を伸ばした。

召喚陣も何もない。でも、あの時カレンは、確かにアスランを喚《よ》べた。

(きっと、今だってできるはず!)

「来なさい!!」

そう叫ぶ。その瞬間、カレンは手のひらに、燃えるような熱を感じた。同時に両手から、カッ! と閃光《せんこう》が放《はな》たれる。

あまりの眩《まぶ》しさに、カレンは目をつぶった。

ドン! と、空気が爆発したような波動が、すぐ近くに感じられる。

「――なっ！　これは、何だ!?」

目を開けたカレンは、そこに黒い龍がいるのを確認し、ホッと息を吐いた。

下を見れば、急に消えた龍を探して右往左往《うおうさおう》しているウォルフたちが見える。

「どうして、俺が、ここに!?」

混乱する龍を見上げ、カレンは手を振りながらニッコリと笑いかける。

「あなたは、私に召喚されたのよ」

「なんだとっ！」

「よろしくね。私の召喚獣さん」

呆然とする黒い龍。

カレンの体の下で、アスランが「グルルルッ」と、不機嫌そうに唸《うな》った。

その後、カレンたちは、最初に住んでいた人間界の端の島に移動した。もちろん、たった今カレンの召喚獣となった魔獣の龍も一緒だ。

「魔獣を召喚するなんて、前代未聞《ぜんだいみもん》だ」

いつも冷静なウォルフも戸惑っているらしい。

「さすが、主《あるじ》というべきか」

カムイは、肩をすくめ頭を横に振った。

「召喚されちゃう魔獣も、魔獣だよねぇ」

あきれたようなアウルの言葉に、魔獣はムッツリ押し黙る。

今は、聖獣も魔獣も全員人型に戻っている。いい加減イケメンにも慣れたカレンにとっても、目の眩《くら》むような光景だ。

そんな中、アスランは先ほどからずっとカレンを抱きしめ、魔獣を威嚇《いかく》し続けていた。

「ア、アスラン、離して」

「ダメだ。こいつがカレンを襲うかもしれない」

「召喚された聖獣は、たとえどんなに気に入らない相手だとしても、召喚主を襲うなんてできないだろう？」

ウォルフが冷静に突っ込む。

「こいつは、聖獣じゃない！」

アスランは魔獣を睨《にら》みつけた。

そんな彼を、軽い口調でアウルがからかう。

「はいはい。アスランってば、カレンちゃんがこいつを召喚陣なしで喚《よ》んだのが気に入らないんだよね。……今まで、それは自分だけで特別だったから」

「そういえば、カレンの一番は俺だと、いつも威張《いば》っていたな」

「要は、主《あるじ》の召喚魔法が桁外《けたはず》れに強かったというだけだ」

ウォルフの指摘に、カムイが答えを返す。

「なんせ、魔獣を召喚獣にするくらいだものねぇ」

うんうんと、アウルが頷《うなず》いた。

図星を指されたアスランは、真っ赤になりながらもカレンを離さず、ジッと耐えている。おかげで、カレンは先ほどからドキドキしっぱなしだ。

(なにか、急に前に戻ったっていうか……ううん、前より近くない⁉)

アスランに負けず劣《おと》らず、カレンも真っ赤になっている。

そんな二人を、アウルたちはあきれたように見ていた。

「自覚した途端に開き直って……これだから、俺さまは」

ブツブツと呟《つぶや》くアウルの言葉は、カレンには意味不明だ。その時――

「俺は、そんな人間の召喚獣になど、ならないからな」

今の今まで黙っていた魔獣が、低い声で唸《うな》りながら、そう言った。

「きさま！　カレンを〝そんな人間〟などと！」

途端、アスランが殺気立つ。

「人間など、どいつもこいつも同じだ。腹の中は醜《みにく》い感情で溢《あふ》れ、俺たちの甘言《かんげん》にコロリと騙《だま》される。……どうして、俺がそんな人間なんかの召喚獣にならなければいけないんだ」

侮蔑《ぶべつ》も露《あら》わにカレンを睨《にら》む魔獣。

「こいつっ！」

我慢できず魔獣に殴りかかろうとしたアスランを、アウルが「まあまあ」と止める。

「口でなんて、なんとでも言えるさ。こいつのセリフは本心じゃないよ。……魔獣って奴は、本来俺たち聖獣よりも、よっぽど人間が好きな生き物なんだからね」

聖獣の中でも情報通のアウルは、自信たっぷりにそう言った。

「なっ！」

魔獣は焦った声を出す。

「ほぉぉ。初耳だな」

ウォルフは、器用に片眉を上げて驚きを表した。

「考えてもみなよ。魔界が人間界から隔絶させられたのって、魔獣が人間にちょっかいを出しすぎたせいだろう。反して、聖獣界と人間界は、一定の条件はあっても基本行き来自由なのに、たいして交流がない。俺たち聖獣は、あんまり人間に興味がないからね」

「もちろん、カレンちゃんは別だよ」と言いながら、アウルはパチンとウインクしてくる。アスランは、今度はアウルに対し、グルルと威嚇《いかく》した。

「この魔獣だって、うっかり神さまが作った小さな歪《ゆが》みを見つけて、無理やり人間界にもぐりこんでくるくらい人間が好きな奴なんだ。……口ではなんと言ったって、本当はカレンちゃんに召喚してもらって嬉しいに決まっているよ」

「そんなはずがあるかっ！」

即座にアウルに反論する魔獣。彼の白い肌は、興奮して真っ赤になっている。

アウルはニヤニヤし、ウォルフはあきれ、カムイはなんだか気の毒そうに魔獣を見ている。

アスランはまだカレンを抱きしめたままだったが、彼女がトントンと手を叩けば、わずかだが力を緩めてくれた。

小さく一歩、カレンは魔獣に近づく。

「名前を教えてもらえますか？」

名を名乗るのは、召喚獣と召喚主が契約を結ぶ際の最初の儀式だ。

「カレン！」

「アスラン。……私ね、この魔獣さんとも家族になりたい。多分、それが神さまの望みなんじゃないかって、思うから」

「え？」

カレンは、ゆっくりと視線をカムイに移す。

「そうですよね？　カムイ」

わずかに目を見開いたカムイは、やがてフッと笑って頷《うなず》いた。

「さすが、私の主《あるじ》だ。隠し事はできないな。……そうだ。神は叶うことならば、魔獣を少しずつ人間界に戻したいと思っている。以前のような過《あやま》ちを繰り返すことなく、人間と魔獣にとって最適な関係となるように」

かつて、魔獣の暴走により人間は滅亡しかけた。そのため神は人間界と魔界とを隔《へだ》てたが、人間が本来持っている悪しき心《あ》をすべて否定することは、人間という存在そのものを否定することと同じだ。カレンが来る前から、神は時期を見て魔界と人間界の隔絶を解こうと思っていたそうだ。

「とはいえ、主《あるじ》がこの世界に来たことと、この話は元々無関係。そのために主《あるじ》をこの世界に連れてきたわけではない。それは信じてほしい。ただ、主《あるじ》が家族を望み、強い召喚魔法を与えた時、ひょっとしたらこの力を魔獣をコントロールするために使えるのではないか、と神は思われたそうだ。その後、歪《ゆが》みに魔獣の気配を感じた時も、上手くしたら検証できるかもしれないと期待された。ただ、そうは思われても、いつでも神の最優先事項は、主《あるじ》の幸せだった。主《あるじ》の意志が一番で、主《あるじ》が少しでもいやだと思うのならば決して無理《むり》強《じ》いするな、とおっしゃられていた」

真剣に言い募《つの》るカムイ。

カレンはそうだろうなと思って、少し笑った。あのピンクの神ならばやりそうなことで、同時に気にかけそうなことだ。

召喚された状態では、魔獣は人間界で自由に力を振るえない。もちろん召喚する人間の資質によるところもあるだろうが、少なくとも以前のように人間が滅亡に追いこまれることはないだろう。

神はそれをカレンに証明してほしいと思っているのではないか。

だからこそ、人間界に紛れこんだ魔獣もすぐに排除せず、カムイにだけ真実を伝え、他言無用《たごんむよう》としたのだ。

(黙って、陰でこそこそするやり口は気に入らないけれど……)

それだって、面と向かって頼まれたら断りづらいカレンを慮《おもんぱか》ってのことかもしれない。何より――

「神さまの意志はどうでもいいけれど、家族が増えるのは大歓迎だわ。大家族なら、その中に一人や二人は問題児がいるもの。……どんと来い、よ！」

明るくきっぱりとカレンは宣言した。

「誰が、問題児だ！」

嚙《か》みつくように叫んだ魔獣。

「……お前は、変わらないな」

あきれた口調で、アスランが呟《つぶや》いた。

「そうよ。変わらないわ。私が欲しいのはアスランやみんなとつくる大家族なの。……彼を家族にしてもいいでしょう？」

一瞬眉をひそめたが、大きく息を吐いてから、アスランは苦笑した。

「そいつがお前を害したら、俺はそいつをやっつけるぞ」

「もちろんよ。家族が悪いことをしたら、正すのは家族の務めだわ。どんどんやってちょうだい」

カレンの返事に、アスランは悪そうな笑みを浮かべる。

「──わかった。だったらかまわない。俺とカレンの家族に、そいつを加えてやる」

相変わらずものすごく偉そうな、俺さまアスランだった。

「みんなもかまわない？」

「面白そうだから、俺は賛成」

「確かに、魔獣を矯正《きょうせい》するのは面白そうだな」

「神に代わり、主《あるじ》に心から感謝する」

アウル、ウォルフ、カムイの順に了承の言葉が返ってくる。カレンは、あらためて魔獣に向き直った。

「名前を聞いてもいい?」

魔獣は、視線を険《けわ》しくする。

「誰がっ――」

「ここで断ったら、あなたは即、魔界送りよ」

カレンの言葉を聞いた魔獣は、叫ぼうとした口をパクンと閉じた。

「きっと、魔界と人間界の行き来もなくなったままでしょうね。今よりもっと厳しくなって、今後一切人間界に出てこられなくなるかもしれないわ」

魔獣は、ギリギリと歯噛《はが》みする。

カレンはニッコリ笑った。

「あなたたち魔獣だって、人間を滅《ほろ》ぼしたいなんて思っていないはずよね。魔獣にとって、人間の心は最高のおもちゃなんだから。……だったら私と契約して、一緒に人間と魔獣の一番いい関係を探していきましょう。それが魔獣のためにも一番いいはずだわ」

　黙りこむ魔獣。やがて――

「……アダラだ」

　ポツリとそう言った。

「え？」

　次の瞬間、人型のアダラが消え、そこには長大な龍が現れた。

「我《わ》が名は、アダラだ。闇を司《つかさど》る龍の魔獣王。……お前と、契約してやる」

　声を絞《しぼ》り出すように、アダラは誓約の言葉を続ける。

「我《わ》が名、我《わ》が牙《きば》、我《わ》が爪にかけて、誓う。我《わ》が力、そなたのものとし、我《わ》が命、そなたの糧《かて》とせよ。……我は、生涯《しょうがい》そなたのものだ」

　吐き捨てるような契約の言葉だった。ともあれ、契約は契約だ。カレンは、コクコクと首を縦に振る。

「ありがとう！　アダラ。私はカレンよ！　よろしくね。……私と一緒に人間界で立派なお弁当屋さんになりましょう！」

　続いた喜色満面《きしょくまんめん》のカレンの言葉に、アダラは龍の顔を引きつらせた。

「ちょっと待て！　俺は、仕方なく弁当屋をしていたんだ！　立派な弁当屋なんてものになる気はないぞ」

「大丈夫よ。アダラにはお弁当屋の素質があるわ」

「そんなもの、あってたまるか！　契約は、破棄だ！」

喚《わめ》き散らすアダラ。しかし、残念ながら一度結んだ主従の契約を、一方的に破棄する術《すべ》はない。

青空を背景に、黒龍が長い体でのたうち回る。

ニヤニヤとアスランたちは笑って、アダラを見ていた。

「みんな、がんばりましょうね！　家族全員一致団結！　異世界一のお弁当屋になるわよ！」

カレンの宣言が、異世界の空に響き渡った。

エピローグ「異世界キッチンのそれから」

今日も今日とて、カレンのお弁当屋さんは大忙しだ。

「ウォルフ、レタスがちょっと足りないの」

カレンの注文を聞いたウォルフの手には、すぐに採れたてのレタスが現れる。

「カムイ、レタスをきれいに洗って。アウルはそれを千切りにしてくれる？」

寡黙《かもく》なカムイは黙って頷《うなず》く。するとウォルフの手から勝手に離れて宙に浮いた新鮮レタスが、キレイな水に包まれる。

右手の親指と人さし指でOKを形作ったアウルの操《あやつ》る風が、洗ったレタスを細長く切り刻んだ。

「アスラン、一緒にハムを切って」

カレンが見上げれば、すぐ隣にいたアスランはわかったと頷《うなず》き、空中からハムを取り出す。

今日のお弁当は、サンドイッチ弁当だ。孤児院でパンを見て以来、すっかりパン党になったルーカスに時々出している秘密のお弁当である。

たまごサンドにカツサンド、生クリームにイチゴやバナナを挟んだ甘いサンドイッチ。

今はレタスとハムのサンドイッチを、作っているところだ。

「アダラ、パンにバターを塗ってくれる」

カレンの頼みに、長い黒髪を後ろで縛った魔獣の青年は、不服そうにフイッと横を向いた。

「俺は、今日、もう十分に仕事をした。これ以上働くつもりはない」

朝早く起こされ、成形し最終発酵の終わった食パンを、次から次へとアスランの指導の下で焼かされたアダラ。悪だくみを考える暇などないようにと働かされる龍の魔獣は、不満タラタラらしい。

「きさま！」

怒鳴《どな》りつけようとしたアスランだが、カレンは彼の服を引っ張って止めた。ツンツンとカレンに袖を引かれれば、俺さまアスランはピタリと口を閉じる。

黙ったアスランに代わって、カレンが口を開いた。

「そうね。アダラはとっても一生懸命働いてくれたわよね。どの食パンもキレイに焼けて、すごく美味《おい》しそうだわ」

ニッコリ笑いかければ、アダラはちょっと戸惑ったように黙りこむ。「ありがとう」と言われて、青白い頬をほんの少し赤くした。

人の悪意を何よりの好物とし、負の感情を操《あやつ》る魔獣。そんなアダラは、人間の好意や純粋な感謝に慣れておらず、カレンの寄せる温かな感情に面食らうことが多い。

(でも、まんざらでもないみたいなのよね？　……魔獣って、本当は負の感情だけでなく、人間の感情そのものが好きなんじゃないかしら？)

人の感情の中でも、怒りや悲しみ、憎《にく》しみといった負の感情は、強く激しい思いとなる。魔獣は負の感情が特別好きなのではなく、ただ単純に大きく強い感情に惹《ひ》かれているだけなのかもしれない。

(だとしたら、魔獣の見方そのものを変えなくちゃいけないかもしれないわよね？)

とはいえ、それはあくまで憶測。なんの根拠もないことだし、カレンにとっては、今どうしても考えなければいけないことでもない。

それよりも、サンドイッチ弁当を作り上げる方が先だった。

「アダラ！」

名前を呼びながら、カレンはアダラに近づく。手に持ったハムの切れ端を、彼に向かって突き出した。

「口を開けて。……はい、あ～ん」

命令されれば、従《したが》うのが召喚獣だ。アダラは口を開け、その口の中にカレンはハムを入れる。

「美味《おい》しいでしょう？　みんなでお花見した桜の枝のチップで燻製《くんせい》したハムなのよ。来年のお花見は、アダラも一緒に行きましょう」

楽しかったお花見を思い出し、カレンは自然に笑みを浮かべる。きっとカレンからは、温かな感情が溢《あふ》れ出していることだろう。

びっくりしていたアダラの黒い目は、カレンの言葉を聞くにしたがって、ゆっくり優しく和《なご》んでいった。

「さあ、もうひとがんばりよ！　アダラの焼いた完璧なパンにバターを塗って、レタスとハムを挟めば、最高に美味《おい》しいサンドイッチができるわ。……アダラ、お願い、もう少しがんばって」

ハムをもらい、こんな風にお願いされて断れるものは、そうそういないだろう。どうやら、魔獣も同じようで、アダラは不承不承《ふしょうぶしょう》頷《うなず》いた。とはいえそれは条件付きで――

「もう一切れ、ハムをくれるなら――なっ！」

アダラが条件を言い終わる前に、アスランが彼の口の中に大きなハムの塊《かたまり》を突っ込んだ！

「これで文句はないだろう！　さっさと働け！」

横暴な俺さま聖獣王は、モガモガと苦しむアダラを放置して、呆気《あっけ》にとられるカレンを引っ張りキッチンの外へと向かう。

「ちょっと、出てくる」

言い捨てるアスランに、ヒラヒラと手を振るアウル。

「はいはい。忙しいんだから、あんまり長くしないでよ」

ウォルフは肩をすくめ、カムイは仕方なさそうに、アダラに水を差し出している。

「ちょ、ちょっと、アスラン！」

カレンの抗議の声を無視したアスランは、店の裏庭に回った。そこでクルリと振り返り、カレンと向かい合う。

「アスラン？」

「カレン、俺は……お前が好きだ！」

ストレートな告白。それを聞いたカレンは……小さく、首を傾《かし》げた。

「知っているわ。だって、毎日言ってくれているじゃない」

カレンがアダラに攫《さら》われた後から、アスランは事あるごとに、カレンに「好きだ」と言ってくるようになった。最初に聞いた時は、心臓が壊れるかと思うほどドキドキしたカレンだが、毎日何度も繰り返し聞いていれば、さすがに慣れてくる。

（きっと、主《あるじ》として好きだとか、家族として好きだとか、そういう意味なのよね？）

そうでなければ、こんなに頻繁に軽々しく「好きだ」と言ったりしないだろう。カレンは、そう思う。

「私もアスランが、大好きよ。……アウルやウォルフ、カムイに、アダラも。みんな好きだわ」

だから、カレンは明るく笑ってそう答えた。

しかし、彼女の返事を聞いたアスランは、違うという風に首を横に振る。

「俺は、それじゃ嫌だ。……俺は、カレン、お前の特別になりたい」

熱を帯《お》び、掠《かす》れた声で懇願《こんがん》する獅子《しし》の聖獣王。

カレンの胸は、ドクン！　と、高鳴った。

「……アスラン」

見つめ合う二人。

中庭から見える空には早朝の太陽と、まだ光を残した月が輝いている。

異世界の空の下、甘い空気が流れる。

意を決したアスランは、カレンに一世一代のプロポーズをしようとした。獅子《しし》の聖獣王は、人間世界のプロポーズの言葉を、ルーカスから聞いていたのだ。

「カレン。俺に、一生美味《おい》しい料理を作ってくれ！」

プロポーズの言葉としては、定番中の定番ともいえる、そのセリフ。いかにもルーカスが考えそうなセリフなのだが――しかし、この場合、そのセリフは失敗だった。

何故ならカレンは、すでにアスランから同じセリフを言われていたからだ。

「え？　それって、契約の時に言ったことと同じよね？」

聞き返されたアスランは、思わず言葉に詰まる。すっかり忘れていたアスランだった。

目を白黒させるアスランと、戸惑って見上げるカレン。

そこに、アウルの大きな呼び声が聞こえた。

「お〜い！　レタスとハムのサンドイッチができたよ。次はどうするの？」

「あ！　は〜い。今、行くわ！」

ハッとしたカレンは、慌《あわ》てたように店の中に戻っていく。

後には、茫然自失《ぼうぜんじしつ》としたアスランが残された。風がアスランの赤い髪を寂しく揺らす。

立ちすくむアスランは、パタパタと走り去るカレンの動揺に気づけなかった。

（もうっ、もうっ、もうっ！　アスランったら！）

ドキドキと高鳴る胸を押さえて、走るカレン。彼女の顔には、こらえきれない喜びの笑みが浮かんでいる。

異世界キッチンでウエディングケーキを焼く日が来るのも、そう遠くない未来かもしれなかった。

書き下ろし番外編

痴話ゲンカは蛇も呑まない？

「アスラン！　お願い、降りてきて！」

緑の葉が濃い影を作る大きな広葉樹を見上げ、カレンは声を張り上げる。

彼女の声に応《こた》えるようにザワザワと葉が揺れるが、一番聞きたい声は聞こえなかった。

ここはカレンがこの世界で最初に目を覚ました草原のただ中だ。

懐かしいこの場所で、カレンは必死にアスランを呼んでいた。

「あ〜あ、もう放っておけばいいんだよ」

「その内、飽きれば降りてくるだろう」

「間違っても危険はないのだし、気にしなくてもいいのでは？」

「…………面倒くさい」

アウルにウォルフ、カムイ、アダラの順番で、カレンに声がかけられる。

「そんなわけには、いかないわ。悪いのは私なんだもの。きちんと謝って許してもらわなきゃ」

そう思っているのに、肝心のアスランは仔猫の姿になって高い樹の上だ。

「悪いって言ったって、ちょっと勘違いしただけだろう？」

頭の後ろで手を組んで、アウルはあきれ顔をした。

「そもそも、背後からカレンに近づいて、いきなり手で目隠しするなんて子供っぽいイタズラをしたアスランの方が悪い」

ウォルフは、きっぱり断言する。

「その手が冷たかったから、主《あるじ》は私かアダラかと思ったのだろう？　実に冷静な判断で、さすが我《わ》が主《あるじ》というべきだ。悪いところなど微塵《みじん》もない」

うんうんと頷《うなず》くカムイは、満足げだ。

「……………面倒くさい」

アダラは……まあ、言うまでもないだろう。

カレンと彼女の召喚獣たちは、もう三十分以上ここにこうしているのだった。

◇

──今日は休日。

お弁当を持って、家族みんなでピクニックとしゃれ込んだカレンたちは、この世界で最初に住んでいた島へ来ていた。

ここならば、人目を気にすることなくアスランたちが本体に戻ることができるからだ。

おにぎりにサンドイッチ、厚焼き卵と唐揚げ、ハンバーグ。もちろん野菜もたっぷり入れたお弁当を、みんなでワイワイ楽しく食べたまではよかったのだが、その後に問題が起こってしまった。

手分けして後片付けをし、終わった者から三々五々に自由行動となり、珍しく一人残ったカレンがお昼寝でもするかと思った時、彼女は突然誰かに背後から目隠しされてしまったのだ。しかも特徴のない無機質な声の「だぁ～れだ？」というセリフ付き。

カレンは、誰だかさっぱりわからなかった。ただ、無人島であるこの島にいるのはカレンと召喚獣ばかりなので、彼らの中の一人なのは間違いないと思う。

（聖獣って声まで変えられたのね。おかげで見当がつかないわ。いったい誰かしら？

こんな遊びをしたがるのはアウルくらいなんだけど……でも、手がずいぶん冷たいわ）

これは、後で聞けば、アスランが直前まで食器洗いをしていたせいだったのだが、そこまで思いが及ばなかったカレンは、冷たい手イコール氷の聖獣のカムイか闇の魔獣のアダラだと思いこんでしまった。

カムイにしては手が小さいから、相手はアダラだろうとも。

「アダラでしょう？　もう、アダラったらどうしたの？　お弁当足りなかった？」

闇の魔獣でもこんな遊びをするのねと思いながら、振り返った先にいたのは――――青紫色の目を大きく見開いたアスランだった。

「あれ？　アダラは？」

カレンは、真剣に問いかけた。手の主が、炎の聖獣でいつも体温の高いアスランだとは、思いもしなかったからだ。

「――――今のは、俺だ」

だから、しばらくして帰ってきた答えに驚いた。

「え？」

「俺とアダラを間違えるなんて！」

アスランは傷ついたように目を逸《そ》らす。

ようやくここで、カレンは手の持ち主が本当にアスランだったのだと理解した。

「あ……ごめんなさい。その、手が冷たかったから、てっきりアダラだと」

「俺だって手が冷たい時くらいある！　それに、もしもホントにアダラだったとしても……カレンは、あんな風に近づかれて目隠しされても、怒らないんだな！」

魔獣とはいえ、アダラもカレンの召喚獣。彼がカレンを害することは絶対ないのだから、怒る必要はないはずだ。

「アスラン？」

「俺は……俺は、嫌だ！　俺以外の奴がカレンにあんなに近づくのも、カレンに目隠しするのも――絶対に嫌だ！」

そう叫んだアスランは、あっという間に仔猫の姿に転じると、草の中に走り去ってしまった。伸び放題の草に隠れた仔猫をカレンはどうすることもできずに見送る。

（……どうしよう？　私ったら）

言われてはじめて気がついた。

たとえば、アスランと自分の立場が反対だったなら？

アスランが自分以外の女性に近寄られ「だぁ～れだ？」と背中から目隠しされたなら？

（……あ）

考えるだけで、胸がツキンと痛んだ。切なくて、苦しくなる。

（私、こんな思いをアスランにさせたんだわ）

「アスラン！　アスラン！　ごめんなさい‼」

叫ぶものの仔猫からの返事はなかった。

慌《あわ》ててカレンは、アスランを探しに走り出す。

「アスラン！　アスラン！」

カレンの声が聞こえ慌《あわ》てて戻ってきたカムイ、アウル、ウォルフにも事情を説明して、一緒に探してもらった。

「あいつは、いったい何をしているんだ？」

あきれるのはカムイで。

「そんな楽しそうなこと、一人で抜け駆けして、おまけに間違えられて怒るなんて、図々しい！」

プンプン怒るのはアウル。

「……情けない」

ウォルフは眉間にしわを寄せ、ムスッとしている。

それでもみんな一緒に探してくれた。

しばらくそうしていれば、突如《とつじょ》その場にアダラが現れる。

「うるさい。なんの騒ぎだ？　アスランなら猫の姿で大きな樹に登っていったぞ」

彼から情報を得たカレンは、慌《あわ》てて走り出した。

大きな樹と言われて思い出すのは、彼女とアスランが最初に出会った大樹だ。

息せき切って駆けつけて、カレンは樹上を見上げる。

ジッと目を凝《こ》らせば、生《お》い茂る葉の中に赤い尻尾《しっぽ》が見えた。

「アスラン！　ごめんなさい!!」

大声を上げれば、尻尾《しっぽ》が葉の中に隠れ見えなくなる。

「アスラン！　お願い話を聞いて！」

カレンは、誠心誠意謝りはじめた。

◇

――そして、今に至るのである。

「カレン、帰ろう。拗《す》ねて降りてこない奴なんて、ここに置いていけばいいんだよ」

ついにアウルはそう言いだした。

「賛成だ。アスランなら帰ろうと思えばいつでも自分で帰ってこられるからな」

冷たく突き放すのはウォルフだ。

「これはつまり、勢いで隠れてしまったがために今さら出るに出られなくなったケースだと思う。……こういうことは時間が解決してくれるのだ。そっとしておくに限る」

したり顔で解説するカムイだが、飽きて面倒くさくなったのは間違いないだろう。

「………面倒くさい」

それを隠しもしないのが、アダラだった。

（たしかに、私のことでこれ以上みんなに迷惑をかけるわけにはいかないわ！）

元はと言えば自分のせいだと思ったカレンは、覚悟を決める。

大きな樹を見上げ、両手をこすり合わせると、そのままパン！　と、手を打ち合わせた。

最初に右手を伸ばして低い枝に掴まる。力を入れてグイッと体を引き上げると、幹の下の方に突き出ている瘤《こぶ》に足をかけた。その後、今度はもう少し上の枝へと左手を伸ばす。

そうしたら今度は反対の足をもっと上の瘤《こぶ》に乗せた。

それを交互に繰り返す。

「――――へ？　カ、カレン！　急に何をしだしたの？」

アウルの虹色の髪が、驚いたようにピンとはねた。

「樹を登るのよ。みんなは先に帰ってちょうだい」

視線を樹上に向けて、カレンは答える。

「え？　え？　えぇ〜!?」

「危険だ！」

「止《や》めてください、主《あるじ》！」

アウルとウォルフとカムイが、焦って止めてきた。

「ダメよ！　止めないで！」

カレンは、そう『命令』する。主《あるじ》であるカレンの命令は絶対で、召喚獣は逆らえない。

結果、アウルたちは手を出すことができなくなった。

「大丈夫。こう見えても私、木登りは得意なのよ。この樹は手がかりや足がかりがたくさんあるから、きっと登ることができるわ。――アスランが降りてこないんだから、私が行って謝らなくっちゃ！」

両親を早くに亡くしたカレンを育ててくれた祖父は、流行のゲームはできなかったが、代わりに木登りや竹馬、凧揚げなどをカレンに教えてくれた。まさかそれがこんなところで役立つとは思わなかった。

カレンは、彼女的には順調なペースで大樹を登っていく。

下で見ているアウルたちは、顔色を青くして右往左往《うおうさおう》していた。

「カ、カレン！　危ない！」

「頼む！　止まって、降りてきてくれ！　アスランなら俺が首根っこを掴まえて引きずり下ろしてくるから！」

「主《あるじ》！　主《あるじ》！　主《あるじ》!!　ああ、もう見ておられん！　アスラン!!　貴様、何をしている！　主《あるじ》が死んでしまうぞ!!」

アウル、ウォルフ、カムイの順で、悲痛な声を上げる。

すると、騒ぎが聞こえたのだろう、枝葉の間から赤い仔猫がヒョイッと顔を出した。

もちろん、それはアスランで、

「あ！　アスラン！　ごめんなさい。私、謝りたくて――」

カレンは必死に話しかけた。

赤い仔猫はビクッとし、目をまん丸に見開く。ついで毛を逆立てて怒り出した！

「カレン！　お前、何をしているんだ!?　危ないだろう!!」

突然怒鳴《どな》られたカレンは、ビックリしてしまう。思わず手と足をすべらせた。

そんなことをしたら、落ちてしまうのは当然で、カレンの体は宙に投げ出される！

「カレン!!」

全員が同時に怒鳴《どな》った！

カレンは、地面に叩きつけられることを予想して、体をギュッと強張《こわば》らせる。――――

しかし、何故か覚悟していた痛みはまったく感じられなかった。ポスッという軽い衝撃はあったものの、手も足もお尻も頭も、どこも痛くない。

「…………え？」

見れば、いつの間にかカレンは、人の姿に戻ったアスランの腕の中にいた。

「カレン！　このバカ！」

彼女を怒鳴《どな》りつけたアスランは、そのままなお強くカレンを抱きしめてくる。

ドキドキと、心臓の音が大きく伝わってきた。

「……ビックリした。落ちて死んでしまうかと思った。……カレン、怖かった」

泣き出しそうな声で囁《ささや》かれ、カレンの心臓までドキドキしてしまう。

「アスラン、ごめんなさい。……私にとってアダラは家族だから、その――――」

カレンは、一生懸命謝ろうとした。ともかく謝らなければと、そう思う。

なのに、アスランは首を横に振った。

「もういい。俺も、つまらない嫉妬《しっと》をして悪かった。……ごめん」

それどころか、彼の方から謝ってくれる。

「アスラン」

「カレン」

二人は、見つめ合った。

そのままジッと見つめていれば――

「いい加減に降りてくれないかな!? 重いんだけど！」

下の方から大きな声がした。

(え？ 下？)

慌《あわ》てて目線を下げれば、なんと！ アスランのお尻の下にアウルがベシャッと潰れている。そのアウルの下にはウォルフが、さらに下にはカムイがいた！

「キャ！ みんな、大丈夫!?」

カレンは焦って声をかける。

「……………ああ、まあ、私まではなんとか」

一番下だと思っていたカムイが、困ったように笑う。

「え？ カムイまでって、どういうこと？」

身を乗り出して覗《のぞ》きこめば――カムイの下に長い黒髪が見えた。

「キャァァア！ アダラ!! 大丈夫？」

どうやらアウルたちは、落ちてくるカレンを同時に助けようとした挙《あ》げ句《く》、重なってクッションになってしまったようだ。

「アダラ！　アダラ！　しっかりして」

カレンは必死に呼びかける。

「…………いいから、さっさと俺の上から、どけぇっ～!!」

アダラの大声が、無人の島に響き渡った。

その後、カレンが無事に地面に降り立ち、アスランと仲直りしたことは言うまでもないだろう。

今回のことで一番被害を受けたのはアダラだったが、そのアダラにもなんとか許してもらった。

「…………二度とお前らの痴話ゲンカに、俺を巻きこむな！」

ギロリと睨《にら》まれたのだが「痴話ゲンカ」と言われたアスランは、なんだか嬉しそう。

後日、この世界に『夫婦ゲンカは犬も喰わない』ならぬ、『痴話ゲンカは蛇も呑まない』などということわざができたというが――――その真意は明らかではない。

ともあれ、今日もカレンは異世界で幸せに暮らしている。

本書は、2017年2月当社より単行本として刊行されたものに書き下ろしを加えて文庫化したものです。


この作品に対する皆様のご意見・ご感想をお待ちしております。

おハガキ・お手紙は以下の宛先にお送りください。

【宛先】

〒150-6008 東京都渋谷区恵比寿4-20-3 恵比寿ガーデンプレイスタワー8F
（株）アルファポリス　書籍感想係

メールフォームでのご意見・ご感想は右のＱＲコードから、
あるいは以下のワードで検索をかけてください。

アルファポリス　書籍の感想　検索

ご感想はこちらから

レジーナ文庫

異世界《いせかい》キッチンからこんにちは 1

風見《かざみ》くのえ

2020年7月20日初版発行

文庫編集－斧木悠子・宮田可南子
編集長－太田鉄平
発行者－梶本雄介
発行所－株式会社アルファポリス
〒150-6008 東京都渋谷区恵比寿4-20-3 恵比寿ガーデンプレイスタワー8階
TEL 03-6277-1601（営業）　03-6277-1602（編集）
URL https://www.alphapolis.co.jp/
発売元－株式会社星雲社（共同出版社・流通責任出版社）
〒112-0005 東京都文京区水道1-3-30
TEL 03-3868-3275
装丁・本文イラスト－漣ミサ
装丁デザイン－ansyyqdesign
印刷－株式会社暁印刷

価格はカバーに表示されてあります。

落丁乱丁の場合はアルファポリスまでご連絡ください。

送料は小社負担でお取り替えします。


ISBN978-4-434-27507-4 C0193